dtv

Mit lautem Scheppern tritt oder vielmehr springt der Kater Mephistopheles ins Leben der Erzählerin, und von da an ist es mit ihrer Ruhe vorbei. Kein Blumentopf, kein Sofakissen, keine frischgebügelte Bluse sind vor Stoffele, wie sie ihn nennen darf, sicher. Zum Glück kann er sprechen, so daß einer höchst gebildeten, manchmal ernsthaften, manchmal vergnüglichen Konversation nichts im Wege steht. Beide erklären sich gegenseitig die Welt. Und natürlich erweist Stoffele sich als waschechter Kater: stolz, eitel, streichelsüchtig und ein bißchen wehleidig. Alles hat sich um ihn zu drehen.

Eva Berberich, geboren in Karlsruhe, ehemalige Lehrerin, lebt mit Katze und Ehemann, dem Schriftsteller und Kritiker Armin Ayren, in Oberweschnegg im Hochschwarzwald.

Eva Berberich

Alles für den Kater

Mit Illustrationen
der Autorin

Deutscher Taschenbuch Verlag

Von Eva Berberich
sind im Deutschen Taschenbuch Verlag erschienen:
Das Glück ist eine Katze (dtv großdruck 25232)
Nicht ohne meinen Kater! (dtv großdruck 25280)
In der Blauen Stunde kommen die Katzen (dtv großdruck 25295)

Ausführliche Informationen über
unsere Autoren und Bücher
finden Sie auf unserer Website
www.dtv.de

Originalausgabe 2001
4. Auflage 2011
© 2001 Deutscher Taschenbuch Verlag GmbH & Co. KG,
München
Umschlagkonzept: Balk & Brumshagen
Umschlagbild: Robert Goldstrom
Satz: Kalle Giese Grafik GmbH, Overath
Gesetzt aus der Stempel Garamond (Berthold) 12/14·
Druck und Bindung: Druckerei C. H. Beck, Nördlingen
Gedruckt auf säurefreiem, chlorfrei gebleichtem Papier
Printed in Germany · ISBN 978-3-423-25187-7

Für Karl Heinz Seidl

Inhalt

Der Mörder

ch saß, gemütlich hin- und her-
schaukelnd, in meinem Schaukel-
stuhl, als es laut schepperte.

»Mörder!« schrie ich. »Man
guckt doch, wo man hinspringt!«

»Sieht man nicht von draußen«,
sagte der Mörder.

»Mein schöner Kaktus!« jammerte ich.

»Macht nix.« Der Mörder saß auf dem Fenster-
brett, wo soeben noch der Kaktus gestanden hatte.
»Kaktusse mag ich sowieso nicht. Gemeines Pack.
Kaktusse stechen. Ich hatte mal einen hintendrin.
Zwei Tage lang. Konnte nur stehen.«

»Einen ganzen Kaktus?«

»Einen Dorn. Hat saumäßig weh getan.«

Der Mörder war schwarz, hatte spitze Ohren,
Gluhaugen und einen Schwanz mit einem weißen
Tupfen am Ende.

Ich schnüffelte. »Komisch riechst du. Komm
mal her!«

Er duckte sich. »Haust du?«

»Ich hau höchstens ab«, sagte ich, »wenn ich
einen großen Hund seh.«

»Ich auch!« Und schon streckte er mir den Kopf

9

entgegen. »Zwischen den Ohren hab ich's am liebsten.«

Ich streichelte ihn. »Heißt du irgendwie?«

»Mephistopheles.« Der Mörder sprang auf den Schreibtisch und fegte mit seinem Schwanz ein paar Blätter auf den Boden. »Wie der weltberühmte, schreckliche, mächtige, furchtbare, teuflische Teufel.«

»O Gott!« Ich zog meine Streichelhand zurück.

»Freunde nennen mich Stoffele. Mach weiter!«

»Das klingt auch viel lieber«, sagte ich und streichelte weiter.

Der Mörder, der Stoffele hieß, legte die Ohren nach hinten. »Lieb? Ich bin äußerst wild und sehr gefährlich. Fürchte dich ruhig! Manchmal krieg ich vor mir selber Angst. Achtung, ich fauche.«

Er fauchte so, daß ich, wenn ich ein Tiger gewesen wäre, den Schwanz eingezogen und noch ein bißchen Fauchen geübt hätte.

Stoffele sah mit Wohlgefallen meine gesträubten Haare. »War ich gut?«

»Ziemlich.«

Sein Schwanzende klopfte auf den Tisch. »Hast du ziemlich gesagt?«

»Ich meine überwältigend.«

»Find ich auch. Und ich bin der Schrecken aller Mäuse, Vögel –«

»Und Blumentöpfe. Ich habe dich aber noch nie hier in der Gegend gesehen.«

»Bin ja vor ein paar Minuten erst gekommen. Was ist das hier für ein Kaff?«

»Oberweschnegg. Das ist aber kein Kaff. Es hat mindestens vierunddreißig Häuser, fünfzehn mehr als Unterweschnegg. Ober- und Unterweschnegg gehören zu Höchenschwand, dem höchstgelegenen Dorf im Schwarzwald, direkt am Himmel, wo immer und ewig die Sonne scheint.«

»Es regnet«, sagte Stoffele. »Schon seit einer Woche.«

»Nur, weil sich der Regen verguckt hat.«

»Irgendwelche Sehens- und Hörwürdigkeiten?«

»Es gibt glückliche Tag-und-Nacht-auf-der-Weide-Kühe mit Gebimmel und –«

»Gebimmel?« Stoffele legte die Ohren flach an. »Warum bimmeln die?«

»Erstens, weil unsere Kühe überdurchschnittlich musikalisch sind, zweitens, weil es den Fremdenverkehr fördert, und drittens, weil sie sich freuen, daß es sie gibt.«

»Ich freu mich auch, daß es mich gibt«, erklärte Stoffele. »Aber ohne Gebimmel. Weiter! Sag was über die Leute.«

»Wir haben hier solche und solche.«

Stoffele nickte düster. »Kenn ich. So ist er nun mal, der Mensch! Und krachmäßig?«

»Es geht. Leute, die mit ihrem Radio das ganze Dorf beschallen, auch wenn es die andern stört, gibt's überall.«

»Hundemäßig?«

»Mehrere Pinkel- und Bellhunde, solche, die einem gern in den Garten scheißen, sowie ein paar freundlich schwanzwedelnde. Mit denen kann man reden.«

»Katzen- und katermäßig?«

»Da sind wir reich bestückt.«

»Sonstiges?«

»Frau Hug, meine Eierfrau, hat einen Gartenzwerg. Ein wahrer Riese mit Loch im Socken.«

»Oh! Rechts oder links?« fragte Stoffele.

»Warte mal – links – warum?«

»Linksgelochte Gartenzwergsocken bedeuten etwas.«

»So? Was denn?«

»Daß der linke große Zeh zu lang ist. Und das bedeutet wieder etwas.«

»Hochinteressant!«

»Aber was das bedeutet, weiß ich nicht mehr.«

»Und rechtsgelochte?«

»Unwichtig«, sagte Stoffele wegwerfend. »Weiter!«

»Die Post kommt bei uns oft schon um vier Uhr mittags.«

Das war ihm eher egal. »Wettermäßig?«

»Etwas rauh. Wir liegen fast tausend Meter hoch. Mehrere Jahreszeiten. Einmal im Jahr Frühling, dann Sommer, dann Herbst, dann Winter. Letzterer ausgiebig.«

Stoffele folgte mit den Augen einem Ahornblatt, das langsam bodenwärts schwebte.

»Bald wird es schneien«, sagte ich. »Wer dann kein Haus hat –«

»Du hast eins. Du bist ja kein armer Teufel.«

»Zeig mal! Bist du Kater oder Katze?«

Stoffele fuhr beleidigt zurück. »Ein Kater. Was denn sonst?«

»Du könntest doch genausogut eine Katze sein.«

»Quatsch! Ich könnte nicht mal, wenn ich wollte. Und wollen tu ich natürlich nicht.«

»Warum nicht?«

»Weil Kater wichtiger sind.« Er saß auf einmal ganz aufrecht da. »Kater sind das Wichtigste auf der ganzen Welt.«

»Woher weißt du das?«

»Das weiß doch jeder Kater. Ohne uns läuft nix.«

»Ha!« sagte ich. »Ohne Katze hättest du meinen Kaktus nicht hinuntergeschmissen und säßest nicht auf meinem Schreibtisch. Weil es dich gar nicht gäbe.«

Stoffele legte den Kopf schief. »Wieso?« fragte er mißtrauisch.

»Weil es einen erst gibt, wenn man geboren wird.«

»Mich auch?« fragte Stoffele.

»Dich auch.«

Er sah mich nachdenklich an. »Wie geht so was?«

»Ganz einfach«, sagte ich. »Deine Katzenmama hat ein Ei gelegt und –«

»Kohlrabenschwarz?«

Ich nickte. »Mit einem weißen Tupfen. Und dann hat sie dich ausgebrütet. So was weiß man doch. Du bist kein aufgeklärter Kater, lieber Stoffele!«

»Aber Kater sind trotzdem wichtiger«, verkündete er. »Weil ich einer bin. Miau!«

Ich strich über seinen dicken Kopf und schnupperte an seinem Fell. Er roch wirklich komisch.

»Weihrauch«, sagte Stoffele. »Ich komm nämlich aus einem Pfarrhaus mit einer Kirche nebendran, die hat oben einen großen runden Deckel. Damit er nicht abhaut.«

»Wer sollte denn abhauen?«

»Der liebe Gott. Ist doch klar.«

»Das muß Sankt Blasien sein. Die Deckelkirche ist der nicht unberühmte Dom.«

»Auch recht«, sagte Stoffele. »Der Pfarrer hat mich Mephistopheles getauft. Er kannte sich gut aus mit Teufeln. Er war ganz nackelig und wabbelig.«

»Nackelig und wabbelig? Der Pfarrer?«

»Nackelig oben auf dem Kopf. Wabbelig um den Bauch herum.«

»Es heißt nackt. Oder nackig.«

Stoffele bestand auf nackelig. »Sonst paßt es nicht zu wabbelig.«

Das sah ich ein. »Haben dich die Kirchenmäuse dorthin gelockt?«

Er seufzte. »Nein, die Kirchenkatze. Das Kirchenkätzchen. Kirchenschätzchen. Weißbefellt. Samtpfotig. Schnurrig. Zierlich geschwänzt. Miauuuuu!«

»Und hat der Pfarrer seinen Segen dazu gegeben?«

Stoffele verdrehte die Augen. »Nix Segen. Seinen Schlappen. Den hat er nach mir geschmissen. Weil ich ihm zu laut gesungen hab, nachts. Dem hab ich's aber gezeigt. Hackfleisch hab ich aus dem gemacht.«

Er leckte sich die Schnauze.

»Aus dem Pfarrer?« fragte ich erschrocken. »Wo die Kirche doch so unter Priestermangel leidet!«

»Aus dem Schlappen. Dann bin ich ausgewandert. Über die sieben Berge. Zu dir. Vom Weihrauch ist mir auch immer schlecht geworden. Und vom ewigen Glockengebimmel. Sei mal still!«

»Wieso?«

»Mein Magen sagt gerade was. Er sagt, ein bißchen warme Milch wär jetzt nicht schlecht. Aber ohne Weihrauch und Bimmelei.«

Ich holte ihm welche und goß sie in eine kleine Schale ohne Henkel, dafür aber mit Blümchenmuster.

Stoffele sah es mit Wohlgefallen. »Das Auge schlabbert mit«, erklärte er und probierte. »Geht!« Ich füllte das Schüsselchen dreimal.

»Hast du was frei?« fragte er zwischen zwei Schlabbern. »Bett, Hängematte, Sofa, Sessel, Schaukelstuhl, Körbchen. Mit was Weichem drin.«

Ich zeigte ihm meinen alten grauen Pullover. Aber den wollte er nicht, weil Grau ihm nicht stehe. Lieber einen roten. Ich holte meinen roten Pullover.

Stoffele musterte ihn abschätzig. »Der hat ja ein Loch.«

»Damit frische Luft reinkommt«, erklärte ich. »Dieser Pullover ist eine Sonderanfertigung für Katerkörbchen.«

»Dann will ich mal nicht so sein. Außerdem kann man da seinen Schwanz hindurchstecken, und auf der anderen Seite guckt er wieder raus, was sehr erfreulich ist. Der braucht viel frische Luft. Ich probier's mal mit euch dreien.«

»Wieso drei?«

Stoffele rieb seinen Kopf an meiner Hand. »Mit dem Körbchen, dem Pullover und dir. Was liegt dort neben der Kaffeetasse?«

»Ein Blatt. Ich schreibe nämlich Geschichten. Ab und zu. Wenn mir was einfällt.«

»Steht aber nix drauf«, sagte er.

»Mir fällt halt nix ein«, sagte ich.

Stoffele sah mich an. Dann legte er den Kopf

schief und überkreuzte elegant die Vorderpfoten. »Schreib über mich!«

Ich mußte lachen. »Entschuldige, aber das ist ausgeschlossen. Kater kommen nicht an.«

»Was kommt an?« fragte Stoffele.

»Etwas Fetziges. Blutiges. Science-fiction. Horror. Mit möglichst viel Action und amerikanischen Wörtern drin. Hier sagt keiner mehr Grüß Gott!«

»Wen grüßen sie dann?« fragte Stoffele.

»Niemand. Die Bauersfrauen rufen einander jetzt ›hi‹ zu, was wie ›hai‹ klingt. Und die Kinder sind ›kids‹. Die haben's nicht gern lustig, sie wollen ›fun‹. Und ›bikes‹ statt Fahrräder. Im Gemeindeblättchen stand neulich, Todtmoos sei voller *highlights*. Man kann dort eine *bike-tour* für *kids* machen, geführt von einem *tour-leader*, außerdem gibt's ein *moonshine bordercross* auf spezieller *bordercross*-Strecke mit viel *background* sowie ein *snowdown on bike*. Wer reiten will, steigt auf ein *horse* und ist *happy*, fällt er herunter, ist das *horse happy*, weshalb es auch *happy horse* heißt.«

»Vielleicht liegt dieses tote Moos in Amerika, und du hast es nur nicht gemerkt?« fragte Stoffele.

»Es liegt mitten im Hochschwarzwald.«

»Aber warum reden die moosen Toten so?«

»Sie glauben, je amerikanischer einer daherquasselt, desto mehr wird er von allen bewundert. Ich fürchte, mein armer Stoffele, für einen Kater interessiert sich hier kein Schwein.«

Stoffele hob die Pfote. »Quatsch! Jedes intelligente Geschöpf, das kein Schwein ist, interessiert sich für Kater. Ich tu's ja auch. Besonders für einen –«

»Namens Stoffele«, sagte ich. »Schön! Ich versuch's mal. Was soll ich schreiben?«

Stoffele saß kerzengerade, mit funkelnden Augen. »Schreib: Mörder! Man guckt doch, wo man hinspringt!«

»Kommt mir bekannt vor.«

»Klar!« sagte Stoffele. »So hat's mit uns angefangen. Vor zehn Minuten.«

»Und nun?« fragte ich.

»Nun geht's mit uns weiter.«

»Da bin ich aber gespannt!«

»Ich auch«, sagte Stoffele und bezog sein Körbchen.

Ordnung muß nicht sein

ch jätete Unkraut. Verscheuchte die Schnecken aus dem Salatbeet. Putzte die Fenster (na ja, nur eins). Sortierte das Gerümpel für den Sperrmüll. Kaufte Fleischbüchsen ein. Für ihn.

Stoffele lag zusammengekringelt im Schaukelstuhl und machte ein Nickerchen. Wachte kurz auf, nahm ein paar Häppchen, rollte sich auf die andere Seite, schlief weiter. Erwachte, schlabberte ein paar Schlückchen, ging einmal ums Haus herum, kam wieder herein, bestieg den Schaukelstuhl, schlief weiter. So ging das den ganzen Tag.

Ich stemmte die Hände in die Hüften und hielt ihm einen Vortrag.

»Ich rackere mich ab, und du – was machst du? Liegst herum und pennst.«

Stoffele riß die Schnauze auf und gähnte.

»Pfote vors Maul! Ich möchte wissen, wovon du müde sein könntest.«

Abermaliges, ausführlicheres Gähnen.

»Hast du die Schlafkrankheit?«

»Ein Kater braucht nun mal viel Schlaf«, erklärte Stoffele mit fest zugezwickten Augen.

Ich setzte mich an den Computer, haute in die Tasten und schrieb eine böse schwarze Geschichte, vierpfotig, mit Schwanz. Der Schluß gefiel mir nicht. Auch Anfang und Mitte ließen zu wünschen übrig. Der Briefträger brachte mir einen Brief vom Finanzamt, und Schokoladenkekse – ich bevorzuge die bitteren – waren auch keine mehr da.

Stoffele schnurrte vor Behagen.

»Mit mir hast du das große Los gezogen«, sagte ich. »Mußt keine Geschichten über irgendwelche Kater schreiben –«

»Nicht über irgendwelche. Nur über einen. Über ihn. Mephistopheles, den schwarzen Kater mit der weißen Schwanzspitze.«

»Mußt keine Rechnungen bezahlen, und warme Milch kriegst du, wann immer du willst. Seit deinem Einzug hier hast du noch nichts Konstruktives getan. Du bist nur zur Verzierung da, liegst den ganzen Tag auf der faulen Haut und läßt mich arbeiten.«

Stoffele öffnete das linke Auge und sah mich verständnislos an.

»Du bist mir wirklich keine große Hilfe.«

Stoffeles rechtes Auge blickte schräg.

»Warum machst du dich nicht ein bißchen nützlich?«

»Nützlich?« fragte Stoffele erstaunt. »Was ist das?«

»Das bedeutet, daß man etwas Sinnvolles tut. Sich seinen Lebensunterhalt verdient. Arbeitet. Sich abrackert.«

»Warum?«

»Weil es in der Bibel steht. ›Im Schweiße deines Angesichts sollst du deine Brekkies verdienen.‹«

»Katermäßig gedacht«, sagte Stoffele, »reicht es, wenn es einen gibt. ›Nützlich‹ scheint mir kein katergerechtes Wort zu sein.« Und dann, sanft, aber nachdrücklich: »Kater sind keine Abracker. Kater sind zum Bedienen da.«

»Sehr vernünftig! Dann bring mir mal die Nuß, die du gestern hinters Sofa gerollt hast. Ich komm da nicht hin.«

»Nur Hunde holen Sachen. Kater nie.«

»Aber du hast soeben erklärt, Kater seien zum Bedienen da.«

»Die Kater«, erklärte Stoffele milde, »sind da, um von den Menschen bedient zu werden. Das ist allgemein bekannt. Das war schon immer so. Und das wird immer so bleiben. Solange es Kater und Menschen gibt. Miau!«

»Gestern hast du im Wäschekorb übernachtet. Auf meiner frischgebügelten Bluse.«

»Kater liegen nicht gern auf Falten«, sagte Stoffele.

»Und heute morgen hast du mich um sechs Uhr aus einem wunderschönen katerlosen Traum gebrüllt. Mein Bett war so warm.«

»Meine Pfoten nicht. Die haben sich furchtbar erkältet. Hingen voller Eiszapfen.«

»So geht's nicht weiter«, sagte ich entschlossen. »Du mußt dein Leben ändern.«

»Wer sagt das?«

»Rilke. Er spricht mir aus der Seele.«

»Dein Seelenrilke soll mir den Buckel –«

»Stoffele! Wo Rilke nicht nur ein berühmter Dichter ist, sondern auch Träger eines höchst eindrucksvollen Schnauzers!«

»Größer als meiner?« fragte Stoffele kühl.

Ich verneinte zähneknirschend.

»Da hast du's!« Er schleckte die Pfote ab und strich damit wohlgefällig über den Bart.

»Ich entwerfe eine Hausordnung.«

Stoffeles Schwanzspitze bewegte sich heftig hin und her.

Ich setzte noch einen drauf. »Auch Schiller ist meiner Meinung. Er hat in seinem Gedicht von der Glocke glaubhaft, weil in Versen, versichert, daß die Ordnung etwas Heiliges, äußerst Segensreiches sei. Und daß sie ›herein von den Gefilden, rief den ungezähmten Wilden‹. Damit meint er ohne Zweifel dich, mein Lieber.«

»Glocke?« Stoffele zog die Lefzen hoch. »Ich hab was gegen Bimmelei. Sag das deinem ordnungsfimmeligen Dichter, wenn er mal hier aufkreuzt.«

»Er weilt nicht mehr unter uns.«

»Das hat er nun von seiner Ordnung«, sagte Stoffele zufrieden. »Ich weile noch.«

»Keine Widerrede! Die Hausordnung muß her. Und an die hältst du dich.« Ich setzte mich hin und schrieb eine

Hausordnung für Kater:

1. Man betritt das Haus nur mit vier sauberen Pfoten.
2. Flöhe bleiben draußen.
3. Brekkies gehören in den Teller und werden ab sofort nicht mehr in der Küche herumgejagt.
4. Auch sauer gewordene Milch schmeckt, ist gesund und gilt als Köstlichkeit.
5. Brüllen vor meinem Schlafzimmerfenster, weil man rein will, ist nicht vor acht Uhr morgens gestattet.
6. Bevor man einen Baum hinaufklettert, ist zu überlegen, ob man auch allein wieder herunterkommt.
7. Der Schaukelstuhl, den meine Oma mir vererbt hat, ist nur für Menschen da. Ich leg mich auch nicht in dein Körbchen.
8. Das geblümte Kissen gehört mir.
9. Mit den Krallen aus Decken, Bezügen und Vorhängen gezogene Fäden von hinten wieder hereinziehen!

10. Man trampelt anderen Leuten nicht auf dem Bauch herum, wenn die gerade gegessen haben.
11. Ich habe gesprochen!

Ich hängte die Hausordnung über Stoffeles Körbchen, das in der Küche steht, und las sie ihm vor. Einmal von vorn nach hinten, einmal von hinten nach vorn.

»Kapiert?«

Stoffeles Schwanz peitschte hin und her.

»So!« sagte er. »Und jetzt komm ich.«

»Aber du bist doch schon da. Und wie!«

»Jetzt kommt meine Hausordnung. Schreib auf!«

Das tat ich. Und hier ist sie, Stoffeles

Hausordnung für Menschen:

1. Bevor man den Kater streichelt, Hände waschen.
2. Streicheln ist nur mit dem Strich, nie gegen ihn gestattet.
3. Ich mag nun mal keine Sauermilch. Die Milch muß lauwarm sein und ohne Fliegen drin.
4. Der Schaukelstuhl ist für den Kater freizuhalten oder zu räumen, wenn dieser es wünscht.
5. Will der Kater frühmorgens oder sonst herein, sagt man nicht »Saukater« zu ihm. Man

begrüßt ihn mit den Worten: »Da bist du ja endlich, mein lieber Stoffele.«

6. Ist der Kater naß, hat man ihn mit einem frischen, sauberen Handtuch abzurubbeln.
7. Man zieht den Kater nicht am Schwanz.
8. Ist es kalt, hat eine Wärmflasche im Körbchen zu liegen.
9. Der Kater bestimmt selbst, wann er raus und wieder rein will.
10. Du sollst keinen andern Kater neben mir haben!
11. Miau!

»Die hängst du über dein Bett«, verlangte Stoffele. Das tat ich denn auch.

Am nächsten Tag fiel mir ein ausgezeichneter Schluß für meine Geschichte ein. Auch die Mitte veränderte ich, und der Anfang ist der beste, den ich je geschrieben habe. Der Briefträger brachte mir eine Geldüberweisung von DM 82.50, und dann stand lieber Besuch vor der Tür mit einer Tüte voll frischer Nußhörnchen.

Abends lag Stoffele im Schaukelstuhl und machte sein gewohntes Nickerchen. Ich sammelte die beiden Hausordnungen ein, drehte sowohl den rilkeschen als auch den schillerschen Buchrücken zur Wand, entzündete ein schönes Feuer im Kamin, schob den Schaukelstuhl davor, setzte mich bescheiden auf den Rand, Stoffele rutschte ein bißchen, und wir schauten zu, wie die zwei Blätter verbrannten.

Dann teilte er mir mit – um das ein für allemal zu klären –, warum Kater so viel Schlaf brauchen.

»Nämlich zum Kämpfen«, sagte er mit Funkelaugen. »Zum Mäusefangen. Zum Befreien einer schönen Katzenprinzessin. Zum Erforschen unbekannter Gärten, Länder, Urwälder und« – schiefer Blick zum Bücherregal – »von Gefilden, wie der ordentliche Dichter sagt. Dazu braucht ein Kater gewaltig viel Schlaf.«

»Aber das kannst du doch alles in der Zeit tun, in der du wach bist.«

Stoffele sah mich empört an. »Willst du, daß ich mir die Ohren zerfetzen lasse? Daß eine zickige Katzenprinzessin mir eins auf die Nase haut? Ein Elefant mich zertrampelt? Ein spießiges Nashorn mich durchbohrt, eine Schlange mich umschlängelt?«

Nein, das wollte ich nicht.

»Na, siehst du! Darum erledigt ein intelligenter Kater die gefährlicheren Abenteuer im Schlaf. So bleiben die Ohren ganz und der Bauch auch, was ihnen viel lieber ist. Mir ebenfalls.«

Ich sah ein, das hatte etwas für sich.

Stoffele machte die Augen zu, ich schlug ein Buch auf.

»Na?« fragte ich, als er sich reckte und streckte. »Wie ist es dir ergangen? Kehrst du als Sieger heim?«

»Dem Tode knapp entronnen«, sagte Stoffele. »Er war hinter mir her.«

»Wer?«

»Dieser Mauserich. Sauriergroß. Ein Schwanz wie ein Drahtseil. Bin grad noch rechtzeitig aufgewacht. Und du? Hast du auch im Schlaf gekämpft?«

»Gelesen hab ich.« Ich hielt ihm mein Buch vor die Nase. »Da erlebe ich die unglaublichsten Abenteuer, und meine Ohren bleiben ganz. Wie deine. Lesen ist für mich wie für dich Schlafen.«

Stoffele nickte weise. »Das ist«, sagte er, »wie wenn man den Pelz gewaschen kriegt, aber man wird dabei nicht naß. Und jetzt brauch ich eine kleine Stärkung.«

Er marschierte zum Schüsselchen und ließ nichts übrig. Dann rollte er sich wieder in meinem Schoß zusammen: »Der Kampf geht weiter!«

Fenstergucker

ir saßen am Fenster und
guckten hinaus, wie wir
es gern tun, ich innen,
die Ellbogen aufgestützt,
Stoffele außen auf dem
Fensterbrett, müffchen-
machend, und harrten der Dinge, die da kommen
würden.

Zuerst keuchte ein Jogger mit rotem Stirnband
vorbei und fragte, wo zum Kuckuck denn bloß der
Schluchsee sei. Weil er so schwitzte und mich dauerte,
sagte ich: »Grad um die Ecke!« und dachte: Daß es
noch zwölf Kilometer sind, wird er schon merken.

Dann erkundigte sich ein Schweizer, wo denn
die meisten Pfifferlinge und Steinpilze wüchsen,
und ich schickte ihn in ein Waldstück, wo es außer
Farn und Moos rein gar nichts gibt.

Ein Holländer wollte wissen, warum es hier so
bucklig sei, Holland sei überhaupt nicht bucklig.
Ich erklärte ihm, das liege an den Bergen. Aber das
Waldhaus-Bier – »smakt heerlijk verfrissend« – und
das Kirschwässerle vom Indlekofer und die lebend-
frischen Forellen im »Engel« in Heppenschwand
lobte er sehr.

»Frißt der die lebendig?« brüllte Stoffele mir ins Ohr, aber das verstand der Holländer nicht, weil er schon weg war, in Richtung »Engel«.

Dann rannte Prinz vorbei, pinkelte an meine Birke und bellte Öhlers Nora ein verliebtes Ständchen. Und ein Feriengast aus Husum mit roten Strümpfen, Tirolerhut und Landkarte wollte wissen, ob's hier Wildschweine gebe, und war erleichtert, als wir ihm versicherten, in letzter Zeit kaum, und wenn, seien sie nur schweinisch und nicht sehr wild.

Er dankte und warf noch einen scheelen Blick auf das Schild, das ich auf Stoffeles Wunsch am Gartenzaun befestigt hatte.

»Achtung! Beherzter Kater!« war da zu lesen.

Stoffele riß den Rachen auf – er sagt Rachen dazu –, gähnte und meinte: »Langweilige Gegend!«

»Aber ruhig und friedlich«, sagte ich. »Und hier oben im Schwarzwald ist's gesünder als drunten.«

»Was ist ›drunten‹?«

»Die Rheinebene. Dort ist es im Sommer furchtbar schwül. Und im Herbst so neblig, daß du deinen eigenen Schwanz nicht mehr vor den Augen siehst.«

»Meiner ist hinten«, sagte Stoffele. Und wo er recht hat, hat er recht.

»Woher weißt du denn«, fragte er, nachdem sich immer noch nichts Aufregendes getan hatte, »wie's drunten ist?«

»Weil ich dort aufgewachsen bin. Meine Schwester Ulrike lebt heute noch in Offenburg. Mit einer getigerten Hex und mit Peterle, der ist schwarz wie du.«

»Mit oder ohne Schwanzfleck?«

»Ohne.«

Stoffele guckte verächtlich. Von schwanzflecklosen Katern hielt er grundsätzlich nichts.

»Offenburg liegt in der Ortenau, da gibt's viele Weinberge und an Fasnacht den Hexenball, wo ich, auch als Hex, immer bis morgens früh um sechs – aber das war vor deiner Zeit.«

»Hat es viel Zeit vor meiner Zeit gegeben?« wollte Stoffele wissen.

»Jede Menge. Etwa fünfzehn Milliarden Jahre.«

»So lange haben alle auf mich gewartet«, sagte Stoffele andächtig.

»Nicht alle.«

»Nicht? Wer hat nicht auf Stoffele gewartet?«

»Ich.«

»Du?« Seine Schwanzspitze zitterte. »Hast nicht gewartet? Hast nicht gejammert und geseufzt: Mein lieber Stoffele, wann kommst du endlich? Dein Milchschüsselchen ruft nach dir, dein Körbchen wartet?«

»Nein. Ich wußte ja nicht, daß du einmal neben mir zum Fenster hinausgucken und die Schnauze –«

»Rachen, bitte!« sagte Stoffele eisig.

»Daß du den Rachen aufreißen und gähnen würdest.«

Stoffele erhob sich, sprang hinunter, mitten in die Stiefmütterchen, und verschwand um die Hausecke.

Abends saß er wieder auf dem Fensterbrett und sah düster hinaus in den Garten.

»Willst du rein?« fragte ich.

Stoffele wandte sich um. Sein Blick ging mir durch Mark und Bein.

»Deine Milch ist noch warm. Ich hab auch frisches Brot hineingebrockt, das magst du doch.«

Stoffele legte den dicken Kopf auf die Pfoten und schwieg eindrucksvoll.

»Sei doch nicht so! Natürlich hab ich nicht an dich gedacht, als du noch nicht bei mir warst. Aber seit du da bist, denke ich ununterbrochen an dich. Dafür sorgst du schon. Und nun komm!«

Stoffele seufzte und sah zum Mond. Sein Fell schien mir matt. Stoffeles Fell, meine ich. Der Mond hat ja keins.

»Ohne dich«, sagte ich, »kann ich mir mein Leben gar nicht mehr vorstellen. Ohne dich wäre die Welt um zwei Ohren ärmer.«

Stoffele drehte sich mir wieder zu. Ganz langsam.

»Und erst dein Schwanz! Wenn es den nicht gäb! Arme, schwanzlose Welt! Komm!«

Stoffeles Schwanzspitze zeigte erfreulich nach oben.

»Mit deinem Rachen bist du der Schrecken aller Mäuse.«

»Schnauze genügt«, sagte Stoffele bescheiden.

Ich kam in Fahrt. »Und erst dein Schnurrbart! So was findet man bei keinem anderen Kater. Die können alle einpacken.«

Stoffele richtete sich auf und strich mit der linken Pfote über sein Barthaar.

»Dann der weiße Fleck an deiner Schwanzspitze! Er erleuchtet die ganze Welt. Besonders hier im dunklen Schwarzwald. Und am besondersten in Oberweschnegg.«

Stoffele machte einen wunderschönen Buckel und betrat erhobenen Schwanzes das innere Fensterbrett.

»Dein Milchschüsselchen ruft nach dir«, sagte ich. »Dein Körbchen wartet.«

Bald lag er drin und schnurrte.

Briefgeheimnis

iau!« sagte Stoffele.

»Wie recht du hast«, sagte ich und drehte das Blatt um.

»Es regnet«, sagte Stoffele. Ganz laut.

»Ich seh's«, sagte ich und schrieb weiter.

»Mit Tropfen«, sagte Stoffele. Sehr deutlich.

»Was du nicht sagst!« Ich schrieb weiter.

»Von oben nach unten regnet es.«

»So regnet es meistens.«

Stoffele sprang auf den Schreibtisch. »Schreibst du über mich?«

»Ich schreibe einen Brief. Es ist dringend. Stör mich nicht!«

Er setzte sich auf den Brief. »An wen?«

»Das geht dich gar nichts an. Runter mit dir! Laß mich weiterschreiben. Es ist sehr, sehr dringend!«

Stoffele legte die Ohren flach an. »Ich will aber wissen, an wen du einen Brief schreibst. Ich hab keine Geheimnisse vor dir. Nie! Wenn ich einen Brief schreiben tät, würd ich dir sofort sagen, an wen.«

»Es ist mein Brief, nicht deiner«, sagte ich. »Gib Ruh! Außerdem kannst du gar nicht schreiben.«

Stoffele schniefte. »Ich krieg nie einen Brief.«

Ich schrieb weiter. Mitleidslos.

»Nie! Von niemandem! Keiner auf der ganzen Welt denkt an Stoffele. Keiner hat mich lieb!«

Die Leier kannte ich zur Genüge. Ich schrieb weiter.

»Draußen regnet es«, sagte Stoffele. »Die Tropfen sind gerade besonders groß und naß. Ich geh jetzt hinaus in den Regen. Draußen weht auch ein Wind. Der Wind ist äußerst kalt. Geradezu eiskalt ist der. Er heult ums Haus herum. Eiskalter Regen und ein heulender Wind – das reicht!«

»Wozu?« fragte ich.

»Wirst schon sehen«, sagte Stoffele finster. »Laß mich hinaus!«

Es wurde dämmrig, es wurde Abend. Der Regen regnete den ganzen Tag. Immer noch heulte der Wind durchs Dorf. Kein Stoffele trommelte, wie sonst, mit den Pfoten gegen die Glastür und wollte herein.

Ich riß das Fenster auf. »Stoffele! Komm heim!«

Nichts.

Nach einer halben Stunde rief ich wieder.

Umsonst.

Ich zog die Gummistiefel an, lief in den Garten und suchte. Vielleicht liegt er schwer verletzt irgendwo, dachte ich, vielleicht hat Barri ihn gescheucht, vielleicht ist er über den Rechen gestolpert, den du nicht weggeräumt hast, und hat sich den Schwanz gebrochen. Wo bist du, Stoffele, wo?

Dann sah ich ihn. Er saß ganz oben auf der Birke. Die Birke bog sich ein bißchen, nein, nicht ein bißchen, sie schwankte gefährlich hin und her. Stoffele schwankte mit.

»Komm sofort herunter!« schrie ich.

Er rührte sich nicht.

»Jetzt komm schon!«

Er kam nicht.

»Soll ich dich holen?«

Stoffele, mit schwacher Stimme: »Das schaffst du ja doch nicht!«

»Ich könnte vielleicht mit der Leiter –«

»Schon. Aber du schwindelst.«

»Ich schwindle nicht. Mir ist nur schwindelig. Du könntest die Leiter herunterklettern.«

»Ich bin auch schwindelig.«

»Seit wann?«

»Seit eben. Mir ist ja so schlecht. Oh, ist mir schlecht.«

»Warum denn? Du hast doch nichts gegessen, wovon dir schlecht werden könnte.«

»Eben drum«, sagte Stoffele mit noch schwächerer Stimme. »Seit Stunden nichts im Magen. Das haut den stärksten Kater um.«

»Selber schuld. Warum mußtest du auch hinaus bei dem Sauwetter?«

»Wohin sollte ich denn sonst? Als armer, alleinstehender Kater?« Seine Stimme klang gebrochen. »Keiner liebt mich.«

Das war nur noch ein Stimmchen. Ein Flüstern. Ein Hauch, vom eiskalten Winde verweht.

»Doch!« brüllte ich. »Ich. Und jetzt komm!«

»Keiner schreibt mir einen Brief!«

»Ich schreib dir einen«, schrie ich hinauf. »Morgen früh.«

»Nein.« Stoffele schwankte hin und her. »Gleich!«

»Du spinnst ja! Komm endlich runter!«

»Du solltest wirklich sofort schreiben«, flüsterte Stoffele, rutschte ab, fing sich gerade noch mit der linken Pfote und baumelte hilflos am Ast.

Ich rannte ins Haus, suchte Papier und Bleistift. Stoffele kauerte in der Astgabel.

»Was soll ich schreiben?«

»Schreib: mein lieber Stoffele! Nein, schreib: mein armer, lieber Stoffele! Hast du's?«

»Ich hab's. Weiter!«

»Es tut mir so leid, liebster Stoffele, wie ich dich behandelt habe. Verzeih mir, wenn du kannst. Als Mensch bin ich halt so. Es soll nie wieder vorkommen, das versprech ich dir in die Pfote. Hast du Pfote?«

»Ich hab Pfote. Das reicht jetzt.«

»O nein«, seufzte Stoffele mit ersterbender Stimme. »Ich glaub, mein Schwanz erfriert gerade. Gleich fällt er ab. Der Brief geht noch weiter. Schreib: Ab sofort, mein lieber Stoffele, sollst du im Schaukelstuhl sitzen, wann immer du willst. Wenn du mich auch mal läßt, lege ich mir natürlich eine Decke oder ein Handtuch unter den Hintern.«

»Saukater«, flüsterte ich hinauf. »Wer von uns beiden hat denn die Flöhe?«

»Und«, fuhr Stoffele fort, »die Fleischbüchse zu einer Mark fünfundzwanzig werde ich nie mehr kaufen. Nur noch die zu zwei Mark neunundneunzig. Die mit den elf lebenswichtigen Vitaminen, ›damit Ihre Katze ein strahlendweiches Fell hat‹. Und –«

»Schluß!« schrie ich. »Ich bin schon patschnaß!«

»Auch ich bin nicht mehr ganz trocken«, rief Stoffele herunter. »An wen hast du den Brief geschrieben?«

»An dich«, brüllte ich.

»Ich mein den von heut mittag.«

»An meine arme alte Tante.«

»Warum ist sie arm?«

»Weil sie im Bett liegt. Mit Mumps.«

»Hat sie auch einen Kater?«

»Nein. Einen Hund. Einen Boxer. Braun. Sehr gescheit. Der folgt aufs Wort, tyrannisiert sie nicht, kraxelt nicht auf Birken herum, und sie muß ihm keine Briefe schreiben.«

»Und solchen Leuten, die statt eines Katers einen Hund haben, schreibst du«, sagte Stoffele erbittert, kletterte vorsichtig den Stamm hinunter und landete aus einem Meter Höhe elegant im Gras. »Jetzt gehen wir hinein, und du rubbelst mich mit dem roten Handtuch ab.«

»Aber das rote ist doch meins!«

»Es paßt so gut zu meinem schwarzen Fell. Dann will ich warme Milch, und dann leg ich mich ein bißchen auf den Schaukelstuhl.«

»Und ich?« fragte ich.

»Du kannst was anderes machen. Schreib doch einen Brief!«

Sag's dem Schnupp!

nzuverlässiges Volk«, sagte Stoffele und schüttelte den Kopf.

»Wen meinst du?« wollte ich wissen.

»Natürlich die Sterne.«

»Wieso sind die unzuverlässig? Die ganze Nacht über stehen sie am Himmel, mucksen sich nicht und leuchten. Leuchtest du vielleicht nachts?«

»Ha!« schrie Stoffele. »Eben ist einer abgehauen.«

»Was soll das nun wieder heißen?«

»Guck doch selber!«

Ich lief ans Fenster und guckte selber. Der Himmel schien in Ordnung.

»Alle noch da«, sagte ich. »Kein Loch. Nirgends.«

»Ich hab's aber gesehen«, beharrte Stoffele. »Vorhin, als du dich hinten gekratzt hast. In hohem Bogen ist er übern Himmel gesaust. Der hatte es vielleicht eilig.«

»Stoffele«, erklärte ich, »jetzt hör mir mal zu: Das war eine Sternschnuppe. Die ist nicht abgehauen. Sternschnuppen sausen so übern Himmel.«

Stoffele gefiel Sternenschnupp besser. »Damit ihn keiner erwischt? Was hat er denn ausgefressen, der Schnupp?«

»Sternschnuppen fressen nichts aus. Die benehmen sich – wie alle Himmelsbewohner – immer anständig.«

»Oder hat er Schnupfen, der Schnupp?«

»Eine Sternschnuppe hat nie Schnupfen. Übrigens sagt man auch Meteor dazu.«

»Und wo kommt er her, der Schnuppenmeteor?«

»Ja, also – das ist so – von drauß', vom Weltall kommt er her.«

»Von hinter dem Mond? Geht's da noch weiter?«

»Ziemlich.«

»Was macht er die ganze Zeit, der Meteorenschnupp?«

»Das gleiche wie die andern Meteore. Herumfliegen. Sich umgucken in aller Welt. Im Weltall, meine ich.«

Stoffele nickte. »Verstehe! Ein bißchen rumschnuppern, was?«

»So ist es. Er will mal was anderes sehen.«

Mein Kater setzte sich ganz besonders aufrecht hin: »Mich!«

»Klar!« sagte ich. »Drum ist er hier vorbeigeflogen. Es hat sich herumgesprochen bei den Meteoren, daß es in Oberweschnegg einen besonders gescheiten, mutigen, wilden und tapferen Kater namens Stoffele gibt.«

»Du hast ›schön‹ vergessen.«

»Schön ist gar kein Ausdruck.«

Stoffele nickte. Davon war er überzeugt.

Wenn ich schon mal beim Belehren bin, kann mich nichts bremsen. »Es gibt aber nicht nur Sternschnuppen oder Meteore«, sagte ich. »Es gibt auch Kometen.«

»Und die wollen mich auch sehn?«

»Die werden lieber selber gesehen. Sie sind ein bißchen eitel. Ein Komet hat sogar einen Schwanz.«

»Wie lang?« fragte Stoffele interessiert.

»Im Lexikon steht, so ein Kometenschwanz kann bis zu 250 Millionen Kilometer lang sein.«

»Meiner ist ein bißchen kürzer«, stellte Stoffele fest. »Kann er ihn auch um sich herumwickeln, wie ich?«

»Kann er nicht. Er zieht ihn hinter sich her.«

»Da muß er aber schleppen!«

»So ein Komet«, sagte ich, »besteht fast ganz aus feurigem Gas. Und so ein Meteor ist ein richtig schwerer Brocken. Fällt er dir auf den Kopf, kriegst du eine Beule.«

Stoffele ging hinter mir in Deckung. »Schau! Wieder ein Schnupp!«

»Wenn man einen sieht, kann man sich etwas wünschen, und das geht in Erfüllung. Aber man darf den Wunsch niemandem verraten. Was hast du dir gewünscht?«

»Nichts«, sagte Stoffele. »Weil ich das nicht gewußt hab. Geht's auch noch hinterher?«

»Ausnahmsweise ja«, sagte ich. »Also, was wünschst du dir?«

»Noch einen Schwanz.«

»Wieso denn?«

»Weißt du, ich denk immer, wo leg ich ihn rum? Wenn ich aber zwei hab, kann ich einen links um mich rumlegen und den andern rechts rum. Hinten sind sie natürlich zusammen, also er, mein Schwanz ist zusammen, ich mein, mit sich. Dann bin ich der einzige rundumschwänzte Kater auf der ganzen Welt. Gut, was?«

»Sag's dem Schnupp!« schlug ich vor. »Vielleicht klappt's.«

Es kam aber keiner mehr, weshalb Stoffele immer noch einschwänzig herumläuft.

Das Bimbl-Nest

raußen war's kalt, aber drinnen warm. Ich saß gemütlich im Schaukelstuhl, Stoffele auf dem Fensterbrett, und wir guckten dem Sturm zu, wie er die letzten Blätter von den Bäumen riß. Und dann –

»Ein Nest!« sagte Stoffele.

»Und so weit oben droben!« sagte ich.

»Wer hockt da wohl drin?« fragte Stoffele.

»Niemand.«

»Woher weißt du das?«

»Im Herbst sind alle Nester leer, lieber Stoffele. Weil die Vögel nicht mehr da sind, alle Vögel, alle.«

Stoffele sagte nichts und klopfte mit dem Schwanz aufs Fensterbrett. Er liebt weder Erklärungen noch Belehrungen. Außerdem war er sauer, weil ich im Schaukelstuhl saß.

»Dann hockt halt jemand anders drin«, sagte er nach einer Weile.

»Wer denn?«

»Ein Nichtvogel.«

»In den Nestern, die ich kenne, waren immer nur Vögel drin. Oder Vogeleier, und das sind sozusagen Beinahevögel. Nichtvögel hocken nie in Nestern, weil sie nicht schwindelfrei sind.«

»Wieviel Nester kennst du?« fragte Stoffele kühl.

»Fünf oder sechs. Vom Hineingucken.«

»Aber wer in dem da oben drinsteckt, weißt du nicht.« Stoffele zwickte die Augen zusammen. »Weil du nicht hineingucken kannst.«

»Du auch nicht«, sagte ich.

»O doch. Ich kann ja klettern. Du nicht. Weil du nur zwei jämmerliche Pfoten hast.«

»So hoch hinauf schaffst du's nie, mein armer Stoffele. Da kannst du so viele Pfoten haben, wie du willst.«

»Morgen sag ich dir, was drin ist«, sagte Stoffele, guckte mich schräg an, drehte sich um, zeigte mir sein Hinterteil und war nicht mehr zu sprechen.

Am nächsten Morgen sah ich schon ganz früh aus dem Fenster. Das Nest hing weit oben in der Baumkrone. Stoffele erschien erst gegen Mittag, schlich in die Küche, bestieg gleich sein Körbchen und verbuddelte sich im Pullover, den ich hineingelegt hatte.

»Wer ist drin?« fragte ich.

»Ich«, sagte Stoffele. »In mein Körbchen laß ich keinen andern rein.«

»Ich meine im Nest.«

»Hast du Nest gesagt?«

»Jawohl. Wolltest du nicht hinaufklettern mit deinen vier Pfoten und mal nachschauen?«

»Ach so«, sagte Stoffele, »das Nest – du meinst, das Nest in dem Baum? Also, das Nest ganz oben – meinst du vielleicht das?« Er gähnte.

»Das meine ich, ja.«

»Schon erledigt«, sagte Stoffele und gähnte zweimal.

»Und?« fragte ich gespannt.

Stoffele knickte die Vorderpfoten ein. »Das ist ein Bimbl-Nest, wie ich es mir gleich gedacht hab.«

»Du meinst, ein Nest für einen Bimbl?«

»Miau!« Er legte sorgfältig den Schwanz um sich herum.

»Ich kenne keinen Bimbl.«

»So siehst du auch aus«, sagte Stoffele. »Ich glaub, ich leg ihn besser auf die andere Seite, da hat er's bequemer.«

»Der Bimbl?«

»Der Schwanz.«

»Und wie sieht ein Bimbl aus?«

»Wie Bimbls halt aussehen. Bimblhaft. Bimbl-artig. Mit einem Wort: bimbelig.«

»Ich meine, woran kann man sehen, daß jemand ein Bimbl ist?«

»Du weißt aber auch gar nix«, sagte Stoffele. »Einen Bimbl erkennt man daran, daß er unsicht-bar ist. Sonst noch Fragen?«

»Aber du hast ihn doch gesehen!«

Stoffele legte den Kopf auf die Pfoten. »Hab ich nicht. Wegen seiner Unsichtbarkeit.«

Ich gab nicht nach. »Woher weißt du denn, daß ein Bimbl unsichtbar ist?«

»Weil ich ihn nicht gesehen hab. Hätt ich ihn gesehen, wär der, den ich gesehen hätt, kein Bimbl gewesen. Ist das klar?«

»Sonnenklar!« sagte ich. »Kluger Kater!«

»Man tut, was man kann«, erklärte Stoffele bescheiden. »Gut' Nacht!« Und schlief ganz schnell ein.

»Es ist nicht Nacht, es ist erst zwei Uhr nachmittags!« sagte ich. »Ich weiß immer noch nicht, wie der Bimbl ins Nest kommt.«

Stoffele wachte ganz schnell wieder auf. »Das ist so: Jemand baut das Nest und legt ein Bimbl-Ei hinein, dann ist der Bimbl drin. Der kleine Bimbl natürlich.«

»Aha!« sagte ich. »Verstehe. Ei hinein, Bimbl klein.«

»Miau!« sagte Stoffele zufrieden.

»Und wer ist dieser jemand, der das Ei legt?«

Stoffele schnarchelte ein bißchen.

Ich hob die Stimme. »Wer legt das Bimbl-Ei ins Bimbl-Nest?«

»Ein Engel«, sagte Stoffele.

Ich wunderte mich. »Das steht aber nicht in der Bibel.«

»Das ist den Engeln egal. Sie legen trotzdem ihre

Eier hinein. Natürlich nicht alle. Nur besondere Bimbl-Engel tun das. Ein Sonderauftrag vom lieben Gott. Sie sind sehr stolz darauf. Wenn die Engel die Eier ausgebrütet haben, schlüpfen die Bimbl.«

»Und was macht so ein ausgeschlüpfter Bimbl?«

Stoffele verdrehte die Augen. »Heut bist du besonders bescheuert. Der Bimbl braucht das Nest natürlich zum Schlafen. Drum bauen die Engel die Nester immer ganz hoch oben droben, damit niemand den Bimbl stört, wie du mich immer. Er schläft nämlich nicht einfach so vor sich hin. Der Bimbl träumt. Ganz wichtige Sachen träumt der.«

»Was denn?«

»Lauter Blödsinn. Dazu ist er nämlich da, der Bimbl.«

Ich war beeindruckt. »Das ist natürlich furchtbar wichtig. Träumen alle Bimbl den gleichen Blödsinn?«

»Quatsch! Jeder Bimbl träumt seinen eigenen. Bimbls sind unheimlich begabte Blödsinnträumer. Da kommt schon was zusammen an Blödsinn.«

»Und was machen sie damit?«

»Wenn sie genug Blödsinn geträumt haben, wachen sie auf und pusten ihn einfach weg. Wie eine Seifenblase. So ein Blödsinn wiegt ja nix. Und der Wind verweht ihn wie Pusteblumensamen. Dann fällt er irgendwohin und geht auf. Und dann blüht er, weshalb man auch sagt: Das ist ein blühender Blödsinn. Und alle freuen sich.«

»Stimmt«, sagte ich. »Hab ich schon gehört. Aber daß die Bimbls den machen, hab ich nicht gewußt.«

»Jetzt weißt du's«, sagte Stoffele. »Und nun gib Ruh. Mir fallen die Augen zu.«

»Sag mal, lieber Stoffele, wie geht's unserem Bimbl dort oben im Nest?«

Stoffele gähnte. »Er träumt fest. Drum hab ich ihn auch nicht gestört.«

»Gut, daß es die Bimbls gibt«, sagte ich.

Mein Kater stubste mich mit dem Kopf. »Nicht nur die Bimbls.«

»Und meinen lieben Stoffele.«

»Miau!« sagte Stoffele zufrieden und fing wieder an zu schnarcheln. Ich ging zum Fenster und sah zum Nest, das ganz oben in der fast herbstlich blattlosen Krone des Ahornbaumes hing.

»Gut' Nacht, Bimbl«, sagte ich. »Und träum einen schönen Blödsinn!«

Kuddelmuddel

rzähl mir wieder was«, bat Stoffele. »Weil's schon dunkel ist. Und Weihnachtszeit ist Märchenzeit. Ganz besonders, wenn's Möndel ins Körbel scheint. So wie in dieser Ringelgeschichte. Und wie jetzt. Miau!«

»Ringelgeschichte?« fragte ich.

»Wo die beiden vorkommen, die mit ›Johann‹ anfangen, aber hinten ohne ›hann‹.«

»Ach so. Jorinde und Joringel. Soll ich?«

Stoffele schüttelte den Kopf. »Kenn ich auswendig.«

»Vielleicht Aschenputtel?«

»Da gruselt's mich. Du weißt schon: Ruckediguck, Blut ist im Schuck! Wo ich doch keiner Maus was antun kann.«

»Der Wolf und die sieben –«

»Kenn ich auch. Wölfe mag ich nicht. Wölfe rollen immer so die Wolfsaugen und hängen die Wolfszunge raus.«

»Tischlein deck dich?«

»Hab keinen Hunger. Bin noch satt von heut nacht.«

»Was dann?« fragte ich. »Seit zwei Wochen kriegst du jeden Abend ein Märchen zu hören. Alle Märchenbücher hab ich für dich schon leererzählt, weil du nicht genug kriegen kannst.«

Stoffeles Blick war tieftraurig. Er liebt Märchen so. Er legte den Kopf auf die Pfoten. 's Möndel schien hell in sein Körbel. Und auf einmal –

»Ich hab's!« sagte er. »Wir nehmen eine Geschichte und wühlen ein bißchen drin herum. Wir machen einen Kuddelmuddel. So ein Kuddelmuddel ist was Feines.«

»Und wie kuddelmuddelt man?«

»Ganz einfach. Wir tun aus einer Geschichte alle Sachen hinaus. Und das ganze Zeug können wir dann in eine andere wieder hineinstopfen. Oder wir vertauschen sie. Miau?«

»Miau!« sagte ich.

Mit Schneewittchen fingen wir an.

»Zuerst nehm ich die Zwerge raus«, sagte Stoffele. »Ab mit ihnen zu den Bremer Stadtmusikanten! Dann ist das ein Chor mit Orchester. Die Tiere singen, sechs Zwerge spielen Mundharmonika, und der siebte hat eine Trillerpfeife. Eine blaue, mit einem Vogel vorne drauf.«

»Und ich nehm die sieben Berge heraus. Ohne die Zwerge würden sie nur dumm herumstehen. Ich schenk sie den sieben Schwaben. Damit jeder einen eigenen hat zum Draufhocken und

Hinuntergucken und Hinunterspucken. Was spielt übrigens das Bremerstadtmusikantensiebenzwergechorundorchester?«

»Augenblick!« Stoffele spitzte die Ohren. Dann: »Ich glaub: ›Ein Männlein steht im Walde‹. Der Esel kriegt den Ton nicht bei ›Walde‹.«

»Aber«, fragte ich, »was ist dann da, wo einmal die sieben Berge mit den sieben Zwergen waren? Ein Loch?«

»Natürlich eine Wüste mit fünf Kamelen und einem Schloß, wo sich Rosen drumherum ranken und Dornröschen drinliegt und schläft.«

»Aha. Und jetzt vertausche ich die Haare. Dornröschen hat nun schwarze, Schneewittchen ist blond.«

»Und der Prinz haut gleich wieder ab. Weil er Blonde lieber mag. Und Dornwittchen muß noch mal hundert Jahre schlafen. Bis einer kommt, der mehr für schwarz übrig hat, was sowieso schöner ist. Und den Apfel tu ich auch raus. Für dich. Dann kannst du Apfelküchle backen.«

»Stoffele«, sagte ich, »der Apfel ist vergiftet. Von der bösen Königin.«

»Ich bin doch nicht blöd. Glaubst du, ich laß das Gift drin?«

»Und die Ohrfeige«, fragte ich, »die im Dornröschen der Koch dem Küchenjungen –«

»Er hat sie gerade dem kleinsten Zwerg runtergehauen, weil der falsch getrillert hat. Der sitzt jetzt da und heult und hat eine Rotznas. Ich geb ihm den Apfel. Zum Trost.«

»Und wer kommt in den gläsernen Sarg?« fragte ich.

»Der Wolf vom Rotkäppchen, der Saubär.«

»Aber der liegt doch im Brunnen. Und alle tanzen drum herum.«

»Den Brunnen hab ich natürlich in die Wüste getan. Wegen der Kamele. Die laß ich doch nicht verdursten. Und die Rosen vom Schloß brauchen ja auch Wasser.«

»Aber wohin mit der bösen Stiefmutter?«

»Ha!« rief Stoffele. »Die wird an die Wand geschmissen. Und fällt herunter als wunderschöner Frosch. Ich mein, als Fröschin. Dann heiratet sie den Froschkönig, und alle sind zufrieden, und wenn sie nicht gestorben sind und so –«

»Gut«, sagte ich, »dann laß ich die Prinzessin aus dem Froschkönig halt jemand anderen an die Wand schmeißen. Den gestiefelten Kater.«

Stoffele fuhr auf. »Hör ich recht? Sagtest du Kater? Und warum, bitte?«

»Weil er mit dreckigen Stiefeln in ihr Bett geklettert ist.«

Stoffele fand die Idee blöd. »Mit Katern schmeißt man nicht um sich. Man streichelt sie und sagt des öfteren: ›Ach, was bist du für ein Prachtskater!‹ Denn das ist gut für das Katerfell und für die Katerseele.«

»Prachtskater!« sagte ich und strich ihm übers Fell. »Weiter!«

»Den Kater laß ich am Zopf von Rapunzel hinaufklettern in den alten Turm. Zuerst spielen sie Malefiz, dann essen sie den dicken fetten Pfannkuchen.«

»Eben fällt er herunter, der Kater«, sagte ich, »weil ich den Zopf abgeschnitten hab.«

Stoffele: »Gemeinheit! Dafür schenk ich ihm ein Paar neue Stiefel. Die Siebenmeilenstiefel. Damit geht er über die sieben Berge.«

Ich: »Wo die sieben Schwaben sitzen und hinuntergucken und hinunterspucken.«

Stoffele: »Und die sieben Raben fliegen über seinem Kopf und zeigen ihm den Weg.«

»Wo will er denn hin?«

»Ans Meer. Zum Butt.«

»Was will er von dem?«

»Eine Million.«

»Wozu braucht er soviel Geld?«

Stoffele schleckte sich die Schnauze. »Nix Geld. Zimtsterne will er! Und Vanillehörnle. Und Lebkuchen. Eine Million. Weil er die so mag. Und weil ihm niemand welche gibt, dem ach so armen Kater.«

»Wenn das so ist«, sagte ich, »dann wollen wir mal nicht so sein. Vielleicht hat der, der gestern nacht so geknuspert hat an meinem Häuschen, noch ein paar übriggelassen.«

»Das waren der Wind und das himmlische Kind«, versicherte Stoffele. »Das Kind ist so verfressen. Und du kannst ja auch neue backen. Aber bitte mit mehr Guß obendrauf. Die guten ins Kröpfchen, die schlechten ins Töpfchen!«

Und so futterten wir Weihnachtsplätzchen. Morgen back ich neue. Miau!

Der Katz-Engel

ch hab einen gesehen«, sagte Stoffele.

»Wen hast du gesehen?« fragte ich.

»Einen Katz-Engel.«

»Katzen gibt's«, sagte ich. »Und Engel vielleicht. Aber Katz-Engel? Na, ich weiß nicht!«

»Wenn ich ihn aber gesehen hab. Auf der Wiese am Waldrand bei Tiefenhäusern.«

»Und was hat er gemacht, der Katz-Engel?«

»Er ist einer Maus nachgerannt.«

»Engel rennen doch nicht Mäusen nach«, sagte ich. »Engel fliegen.«

»Aber Mäuse nicht. Drum ist er ja herumgerannt, der Katz-Engel.«

»Hat er etwas gesagt?«

»Er hat. Miau! hat er gesagt. Mit glänzender Stimme.«

»Und dann?«

»Sind wir zusammen zum Schluchsee geflogen.«

»Was, du auch?«

»Allein kann er ja nicht zusammen fliegen«,

sagte Stoffele. »Ich hab ihm den großen Stein gezeigt, von dem du mir mal erzählt hast, wo du im Sommer manchmal nackelig ins Wasser gehst, und dann hat er geseufzt.«

»Wieso?«

»Er ginge auch gern nackelig ins Wasser, aber als Engel kann er nicht. Weil ja keiner sehen darf, was er drunter hat. Und ob überhaupt was.«

»Wo drunter?«

»Unter seinem Hemd.«

»Verstehe. Und dann?«

»Hat er mir erzählt, wie's dort ist, wo er herkommt.«

»Und?« fragte ich. »Wie ist es dort?«

»Man kann's aushalten, hat er gesagt. Aber manchmal ist es ihm bei sich langweilig. Zu viele Engel. Wo er doch keine mag. Dann haut er ab und guckt sich bei uns hier um.«

»Ich habe noch keinen getroffen«, sagte ich. »Aber ich würde wahrscheinlich auch keinen Katz-Engel sehen, sondern höchstens einen Mensch-Engel.«

»So was gibt's?« fragte Stoffele entsetzt. »Einen wie dich?«

Ich ärgerte mich. »Wenn es Katz-Engel gibt, warum soll es dann keine Mensch-Engel geben? Die Mensch-Engel sind natürlich die besseren Engel.«

Das hätte ich nicht sagen sollen.

»Ein Engel, der wie ein Mensch aussieht!« sagte Stoffele verächtlich. »Der kann einem ja leid tun. Und miauen kann der sicher auch nicht.«

»Als Mensch-Engel sagt man nicht miau. Man sagt ›Halleluja‹. Oder ›Ehre sei Gott in der Höhe‹. Oder ›Fürchtet euch nicht‹.«

»Warum? Hast du Angst?«

»Im Augenblick nicht«, sagte ich. »Du bist ja da. Aber manchmal schon.«

»Wovor denn?«

»Es gibt viel, wovor man Angst haben kann. Vor dem Krieg. Dem Atomkraftwerk in Leibstadt, drüben in der Schweiz. Vor dem nächsten Lothar, der einem das Dach abdeckt. Davor, daß jemand stirbt, den man liebhat: die Bäume hier im Schwarzwald, ein Mensch. Oder ein Kater.«

»Meinst du einen bestimmten Kater?« fragte Stoffele mißtrauisch. »Vielleicht einen schwarzen?«

»Alle Kater sterben mal.« Ich strich ihm über die Ohren.

»Davon halt ich nix«, sagte Stoffele. »Ich bleib hier. Und du auch. Einer muß mir doch die Milch warm machen und mich streicheln. Hast du schon mal einen gesehen?«

»Einen was?«

»Na, so einen komischen Mensch-Engel. Der nicht mal miau sagen kann. Nur halluja und so Zeugs.«

»Hab ich nicht.«

»Weil du nicht dran glaubst«, sagte Stoffele.

»Nicht ganz. Nur halbe-halbe.«

Stoffele sah mich vorwurfsvoll an. »Der wird sauer sein. Wegen halbe-halbe. Von einem Engel sieht man nur so viel, wie man glaubt, hat mein Katz-Engel gesagt. Und der war ganz. Denkst du, deinem Mensch-Engel macht das Spaß, als halber oder Viertelengel rumzufliegen?«

Ich senkte den Kopf. Mein Engel tat mir leid.

»Hast du vielleicht einen da?« fragte Stoffele.

Ich zeigte ihm den Engel mit der Gambe auf dem Bild aus dem Buch über den Isenheimer Altar im Unterlindenmuseum zu Kolmar im Elsaß, den Meister Nithart, genannt Grünewald, gemalt hat.

»Ein Grüner!« stellte Stoffele fest. »Der Engel auch. Warum? Frißt der Gras?«

»Engel fressen kein Gras, sie essen es höchstens, und auch das nicht. Engel essen überhaupt nichts.«

»Du glaubst, sie haben unter dem Hemd keinen Bauch und so, wo das nicht gegessene Gras reinkäm, wenn sie es doch essen würden?«

»Engel haben nie Hunger.«

»Aber wovon sollen sie denn satt sein? Wenn sie kein einziges Blättlein –«

»Frag den Engel!« sagte ich erschöpft.

Stoffele erklärte, wenn das mit dem Essen – vielmehr dem Nicht-Essen – stimme, dann werde er lieber nie Engel. Er legte ein Ohr an das Bild. »Aber er spielt trotzdem schön. Ich hör's.«

»Er spielt für das Kind. Und für dich.«

»Nett von ihm. Auch für Frau Hug, unsere Eierfrau? Und für Barri, ihren Hund, obwohl der immer sabbert? Für den Bauer Gaßner, der uns das Holz fürs Kaminfeuer gebracht hat?«

»Natürlich. Alle sollen sich freuen.«

»Und freuen sich alle?«

»Keine Ahnung.«

»Wenigstens hier in Oberweschnegg? Und in Höchenschwand? In Häusern? In Bannholz? In Nöggenschwiel? Und in Waldshut? In Schluchsee?«

»Vielleicht wahrscheinlich bestimmt ein bißchen schon.«

»Und du? Freust du dich auch? Warum knirschst du so mit den Zähnen?«

»Weil ich mich so freu, zum Donnerwetter!«

»Wieder halbe-halbe, was?« sagte Stoffele.

»Freudehalber hab ich vorhin die Krippe vom Speicher geholt und baue sie jetzt auf.«

Stoffele deutete auf den Stall mit den Tieren.

»Und der Ochs und der Esel? Freuen wenigstens die sich ganz?«

»Klar! Die kriegen – als Augenzeugen – ja alles mit.«

»Singen die auch?«

»Zweistimmig. Der eine muh, der andere iah. Sieben Strophen.«

»Gibt's auch Engel für Vögel? Ich mein, Vogel-Engel? Und Frosch-Engel? Und Elefant-Engel? Glaubst du, der Elefant-Engel spielt auch Geige, wie der in deinem Buch vorhin?«

»Wohl eher Trompete«, vermutete ich.

»Und Engel für Bäume, gibt's die auch? Und Igel- Engel, mit Stacheln dran? Und Engel für Eis-bären? Und Engel für Engel? Also Engel-Engel? Glaubst du, der Mond glaubt an Mond-Engel?«

»Doch«, sagte ich. »Aber im Augenblick nur halbe-halbe.«

Wir schauten zum Fenster hinaus. Am klaren Winterhimmel stand ein halber weißer Mond.

Jetzt ist Ruh!

ehe, wenn sie einmal losgelassen sind, die Engel! Dann ist's aus mit der himmlisch schönen weihnachtlichen Ruh.

»Die haben's aber eilig«, sagte Stoffele.

»Wer hat's eilig?« fragte ich.

»Na, die Engel ganz oben. Blödes Geflügel.«

»Wieso?«

»Rennen dauernd im Kreis rum. Ich als Kater würde nicht dauernd im Kreis rumrennen. Hat mein Katz-Engel auch nicht gemacht.«

Er saß vor der dreistöckigen Pyramide mit den holzgeschnitzten Figuren, die sich langsam drehten.

»Stoffele«, sagte ich, »die sind nicht blöd. Engel können grundsätzlich gar nicht blöd sein. Sie drehen sich, weil ihnen so warm ist. Und warm ist ihnen, weil ich die Kerzen hier unten angezündet hab. Die Wärme steigt auf und bewegt den Propeller ganz oben. Dann dreht sich alles, was auf der Pyramide steht. Auch die Engel. Schön friedlich, so eine Weihnachtspyramide.«

»Einen Saukrach machen die!« sagte Stoffele.

»Krach?« fragte ich. »Die machen eine wunderbare, geradezu engelhafte Musik. Der vorne hat eine Trompete, der in der Mitte eine Posaune, und der dritte spielt Flöte.«

»Alle meine Entchen«, sagte Stoffele.

»Nicht Entchen. Engel! Trompetenengel, Posaunenengel und Flötenengel.«

»›Alle meine Entchen‹ spielen sie«, sagte Stoffele.

»Blödsinn! Die spielen natürlich ›Vom Himmel hoch, da komm ich her‹. Oder ›O du fröhliche‹. Oder ›Ihr Kinderlein kommet‹.«

»›Alle meine Entchen‹. Der mit der Trompete spielt falsch.«

»Stoffele! Engel gelten als hochmusikalisch. Die spielen nie falsch!«

»Und die Könige im zweiten Stock –«

»Das sind die Heiligendreikönige. Die kommen aus dem Morgenland, wo die Sonne sie schwarz gebrannt hat.«

»Es ist aber nur einer schwarz. Sie schwätzen die ganze Zeit.«

»So? Was sagen sie denn?«

Stoffele lauschte. »Daß es ihnen jetzt reicht. Daß ihnen die Füße weh tun. Und sie fragen, wie weit es noch sei.«

»Sag ihnen, noch zwanzig Runden bis zur Krippe.«

Stoffele teilte es den Königen mit. »Der schwarze König ist sauer. Er hat eine Blase am rechten Fuß. Und gleich stirbt er.«

»An einer Blase stirbt man nicht.«

»Er stirbt wegen dem Hunger, den er hat«, sagte Stoffele. »In seinem Bauch drin. Er will ein Gummibärle.«

»Könige«, belehrte ich ihn, »wollen keine Gummibärle, schon gar nicht, wenn es sich um heilige handelt.«

Stoffele lauschte. »Er will ja kein heiliges Gummibärle. Er will ein grünes. Du sollst es mir geben, hat er gesagt, und ich soll ihm dann sagen, wie's schmeckt, und dann will er wahrscheinlich auch fünf.«

»Nix Gummibärle! Einen Zimtstern kann er haben.«

»Er sagt, wenn er kein Gummibärle kriegt, will er auch keinen Zimtstern.«

Ich war beleidigt. »Schön. Wer nicht will, der hat gehabt.«

»Und der neben ihm, der mit der Büchse – was ist denn da drin, in der Büchse?«

»Gold. Oder Weihrauch. Oder Myrrhe. Fürs Kind.«

»Jetzt sagt er was, der Büchsenkönig. Er will wissen, wo der vermaledeite Stern ist, dem sie schon die ganze Zeit hinterherrennen.«

»Sag ihm, der steht ganz oben auf der Pyramide. Er soll sich zusammenreißen und die königlichen Beine unter den Arm nehmen. Das Kind wartet.«

»Der dritte Heiligedreikönig sagt, du schwindelst bestimmt. Das kennt er! Und er – jetzt sagt er was von einem Aff.«

»Wieso Aff? Ich seh keinen Aff.«

»Er sagt, du machst den Aff mit ihm. Kannst du Affen machen? Bitte, mach mir auch einen.«

»Ich mache keine Affen. Weder mit dem König noch mit dir.«

»Erst will er den Stern sehen. Sonst streiken sie.«

Ich schraubte den Stern ab und hielt ihn dem schwarzen König unter die Nase.

»Dann will er mal nicht so sein, hat er gesagt«, teilte Stoffele mir mit. »Aber nächstes Mal bleibt er daheim bei sich und spielt mit seinem Aff. Jetzt singen die Engel was von Hasen. Sie grasen zwischen Berg und Tal.«

»Die sollen nicht grasen, die sollen Musik machen«, verlangte ich.

»Die Hasen grasen, nicht die Engel. Zwischen Berg und tiefem, tiefem Tal. Es sind zwei sehr schönohrige Hasen.«

Langsam reichte es mir. »Die Engel sollen sich gefälligst an die Ordnung halten und wenigstens ›O Tannenbaum‹ blasen«, verlangte ich.

»Das Schaf im ersten Stock beschwert sich auch«, sagte Stoffele. »Es ist müde. Den ganzen

Tag hat es fressen müssen. Es will endlich schlafen. Es kann aber nicht.«

»Warum nicht?«

»Wegen dem großen Engel dort vorne. Der Engel soll gefälligst nicht so leuchten, sagt das Schaf. Er soll sein Licht ausmachen, weil das Schaf im Dunkeln besser schlafen kann.«

Das empörte mich. »Kommt nicht in Frage! Es ist ein besonders heiliger, großmächtiger Engel. Vermutlich sogar ein Erzengel.«

»Das ist ihm wurscht, sagt das Schaf. Er soll nicht so laut reden, am besten überhaupt nicht.«

»Aber er hat doch etwas Wichtiges zu sagen. ›Fürchtet euch nicht!‹ sagt er.«

»Das Schaf fürchtet sich nicht«, erklärte Stoffele. »Es will nur seine Ruh haben. Und gleich kriegt es eine Wut, und dann ist es ganz schrecklich, sagt es. Und es sagt, der Engel soll weg. Er stört.«

»Schafe haben keine Wut zu kriegen. Schafe sind friedlich und fromm. Der Engel bleibt. Der war sehr teuer. Ich hab ihn extra gekauft und dazugestellt, damit die Hirten wissen, was geschehen ist und was sie tun sollen.«

»Was sollen sie denn tun?« fragte Stoffele.

»Was der Engel sagt. Auf nach Bethlehem!«

Er lauschte mit vorgestrecktem Kopf. »Die Hirten lassen fragen, ob sie nicht bis morgen warten können, weil sie so müd sind, und dieses Bettelheim, oder wie das heißt, werde ihnen schon nicht weglaufen.«

»Sag ihnen, es sei nicht weit. Nur gegenüber auf der anderen Seite. Sie sollen sich zusammenreißen. Joseph, Maria und das Kind warten schon.«

»Dem Kamel von dem einen Heiligendreikönig ist schlecht«, sagte Stoffele. »Wegen der ewigen Dreherei. Ganz schwindlig ist dem Kamel. Es sagt, es mache es bestimmt nicht mehr lang. Und der Engel mit der Flöte sagt gerade, ihm reicht's jetzt aber. Er mag nämlich überhaupt keine Flöte. Da läuft immer Spucke vorne raus. Pfui Teufel! sagt der Engelsflöter. Er spielt viel lieber Schlagzeug.«

Ich blieb fest. »Ich hab ihn als Flötenengel gekauft. Nix zu machen. Flöten muß er.«

»Jetzt schreien alle durcheinander«, sagte Stoffele. »Die nichtheiligen Schafe und die unheiligen Hirten und die heiligen Engel und die Heiligendreikönige und die Diener und die heiligen Kamele –«

»Kamele sind nicht heilig.«

»Und der Joseph und die Maria dort hinten, sind die heilig?«

»Ja, doch!«

»Und das Kind?«

»Das ist das Heiligste, was wir auf diesem Gebiet – was wir auf dieser Pyramide haben.«

»Mehr heilig als der große Engel?«

»Da kann der glatt einpacken.«

»Müssen Engel aufs Klo?«

»Wieso?«

»Weil er so guckt. Und ihm tun die Arme weh, sagt er, und ob er sie nicht endlich runtertun kann. Der Joseph schimpft mit dem Ochs.«

»Es heißt ›mit dem Ochsen‹.«

»Ochs klingt schöner.«

Ich sah es ein. »Aber warum schimpft der Joseph mit dem Ochs?«

»Weil der dem Kind die Fliegen verwedeln soll. Mit seinem Schwanz. Aber er schläft immer wieder ein.«

»Dann soll doch der Esel die Fliegen verwedeln.«

»Der sagt, das kommt überhaupt nicht in Frage. Der Ochs ist dran mit Wedeln. Der Esel hat gestern gewedelt, dem tut sein Schwanz weh. Das Kind lacht. Und Maria sagt, sie seien zwei elende Streithammel, der Ochs und der Esel, und wenn sie das gewußt hätt, hätt sie einen großen Bogen um diesen Stall gemacht. Jetzt singt es, das Kind.«

»Was singt das Kind?«

»Stille Nacht, heilige Nacht. Und der großmächtige Engel, der vielleicht sogar ein Erz ist und vielleicht aufs Klo muß, brüllt in der Gegend rum.«

»So? Was brüllt er denn?«

Stoffele lauschte. »Friede auf Erden, verdammt noch mal!«

Ich blies die Kerzen aus. »Jetzt ist Ruh!«

Zum Neuen Jahr

as machst du denn unter der Truhe?« fragte ich. »Mußt du? Wenn du mußt, bist du ein Ferkel, schnell hinaus mit dir.«

»Ich muß nicht«, sagte Stoffele beleidigt. »Ich such was.«

»Was denn?«

»Ein ruhiges Plätzchen.« Er sah ganz verbiestert aus.

»Aber es ist doch schön ruhig.«

»Jetzt schon noch. Aber bald ist's aus mit der Ruh!«

»Wieso?«

»Weil dann alle herumknallen und brüllen und saumäßig Krach machen. Ich mag nun aber mal keinen Krach. Krach ist ordinär. Kater machen nie Krach. Nur Menschen.«

Ich lachte. »Die paar Raketen sind doch nicht schlimm. Schließlich fängt um zwölf das neue Jahr an.«

»Das fängt bestimmt auch ohne Krach an.«

»Wenn es mit Krach empfangen wird, freut es sich. Als du zu mir gekommen bist, hat es auch einen Mordskrach gegeben. Weißt du noch, wie du meinen Kaktus hinuntergeschmissen hast?«

»Aber du hast dich nicht darüber gefreut.«

Ich kullerte eine Nuß unter die Truhe. »Über dich mehr als über den kaputten Kaktus.«

»Ich hab mich auch über mich gefreut«, sagte Stoffele. »Ich freu mich immer über mich.« Er schob die Nuß zurück. »Aber über den Krach, der heut nacht kommt, freu ich mich gar nicht. Meine Ohren sagen das auch. Und das neue Jahr ist bestimmt mehr für Stille.«

»Woher willst du das wissen?«

»Ich werd es fragen«, sagte Stoffele. »Ich sag dir dann Bescheid.« Er kroch unter der Truhe hervor und witschte zur Tür hinaus.

Ich richtete inzwischen unser Silvestermahl. Für mich Laugenweckle, drei Wienerle mit Currysoße und Kartoffelsalat, für Stoffele machte ich eine Büchse auf, die fünfmal soviel gekostet hatte wie die übliche: »Festtagsbröckchen an Fleischsoße sehr fein«. Ich legte eine frische Decke auf den Tisch und eine in sein Körbchen, machte Feuer im Kamin und wartete. Um elf Uhr nachts trudelte er ein.

»Alles erledigt.« Er schleckte sich die Pfoten, wie immer, wenn er zufrieden ist. »Die werden gucken!«

»Wer wird gucken, Stoffele?«

»Na, die Krachmacher. Die Radauler. Die Brüll-
affen, die Lärmer, die Sänger, die Beller. Die Augen
werden sie sich ausheulen und mit den Zähnen
knirschen.«

»Wieso?«

»Die können soviel Krach machen, wie sie wollen, es kommt nicht.«

»Wer kommt nicht?«

»Das neue Jahr«, sagte Stoffele. »Schmeckt fein.
Diese Büchsen nehmen wir jetzt immer. Noch
einen Teller, aber diesmal bitte voll!«

»Natürlich kommt es. Jedes Jahr kommt ein
neues Jahr. Das ist so ausgemacht mit dem lieben
Gott.«

»Warum?«

»Damit er nicht auf all den Jahren sitzen bleibt.
Was sollte er auch mit ihnen anfangen? Im Himmel braucht man keine Jahre, da ist alles ewig. Wo
hast du es denn getroffen?«

»Auf der Bank unter dem neuen Wegkreuz, das
die Frau Kunzelmann gestiftet und unser Bürger-
meister neulich eingeweiht hat, gegenüber vom
Schild, wo draufsteht ›Oberweschnegg, Hochschwarzwald, Wohnort von Stoffele, dem berühmten‹ –«

»Ist mir gar nicht aufgefallen, daß so was dort
steht.«

»Nicht? Ich hab gedacht, das steht dort. Gegenüber von der Bank, wo du dich immer hinsetzen

mußt, weil du so nach Luft schnappst und dir die Zunge aus dem Hals raushängt, wenn du nur ein bißchen dauergelaufen bist.«

»Was hat es dort gemacht? Ist es auch dauergelaufen? Hat es auch nach Luft geschnappt? Wie lang ist die Zunge von einem neuen Jahr?«

»Es ist einfach dagesessen und hat sich die Gegend angeguckt und die Sterne gezählt und die Flugzeuge, die noch in diesem Jahr nach Zürich wollen, und hat gewartet, bis es dran ist.«

»Aber das merkt es nur, wenn es die Raketen hört und die Knallfrösche.«

»Es hat gesagt, als neues Jahr steht es erst auf, wenn das alte kommt und ihm einen Klaps gibt und sagt: ›So, jetzt bist du dran. Mach's gut! Ich hau mich aufs Ohr.‹ Dann klopft es an die Tür, ich mein, an das Ortsschild, wo ›Oberweschnegg, Hochschwarzwald‹ draufsteht und nicht ›Wohnort von Stoffele, dem berühmten –‹, was ich gar nicht verstehen kann.«

»Und dann?« fragte ich.

»Kommt es herein, das neue Jahr. Und dann ist es da.«

Ich sah auf die Uhr. »Das wäre in einer halben Stunde.«

»Diesmal nicht.« Stoffele bestieg vergnügt sein Körbchen. »Ich hab ihm von dem Krach erzählt, den alle hier machen. Wegen ihm. Daß mindestens tausend Raketen in die Luft fliegen und alle Hunde im Dorf so laut bellen, wie sie können. Es mag auch keinen Krach, hat es gesagt, und sich bedankt, daß ich es gewarnt hab. Es ist halt ein besseres Jahr. Und natürlich mag es Kater. Bei Krach geht es einfach wieder, hat es gesagt, weil es so empfindlich ist und so zarte Ohren hat.«

»Wohin?«

»Dorthin, wo es hergekommen ist.«

»Du meine Güte!« sagte ich erschrocken. »Wie stehen wir dann da? Das alte Jahr ist weg, und das neue kommt nicht.«

»Miau!« sagte Stoffele. »Wegen dem Krach. Ein wirklich feines Jahr, dieses Jahr.«

»Aber ohne Jahr fängt das neue Jahr schlecht an.«

»Selber schuld. Und außerdem fängt es überhaupt nicht an, weil es gar nicht bis nach Oberweschnegg kommt.«

»Dann haben wir ja keine Zeit«, sagte ich. »Weil das neue Jahr die Zeit immer mitbringt.«

Mein Kater nickte. »Stimmt. Die war in dem Rucksack auf seinem Buckel.«

»Was machen wir nur ohne Zeit, Stoffele?«

»Ein Nickerchen. Ein ganz langes. Das dauert bis zum nächsten Jahr. Vielleicht mag das Krach. Und dann haben wir wieder Zeit genug.«

»Stoffele«, sagte ich, »das geht nicht. Wenn wir keine Zeit haben, haben wir natürlich auch keine Zeit für ein Nickerchen. Ganz besonders, wenn es so lange dauert bis zum nächsten Jahr. Also machen wir kein Nickerchen, sondern überlegen uns, wie wir das neue Jahr doch noch herumkriegen. Es muß einfach kommen.«

»Ich weiß was«, sagte Stoffele. »Ich putz noch eine Büchse weg, und du rennst wie eine gesengte – ich mein, so schnell du kannst, rennst du durchs Dorf und sagst allen, daß sie ganz ruhig sein müssen, damit das neue Jahr keinen Schrecken kriegt. Sonst kommt es nicht, und wir gucken in den Mond. Ein ganzes Jahr lang.«

»Mach ich!«

Ich zog meine Stiefel an und stapfte von Haus zu Haus. »Einen schönen Gruß von Stoffele und vom neuen Jahr«, sagte ich überall, »und wenn ihr Krach macht, kommt es nicht. Es hat so empfindliche Ohren.«

Da bekamen die Oberweschnegger einen Mordsschreck, weil sie sich vorgenommen hatten, im nächsten Jahr alles das zu tun, was sie bisher vor sich hergeschoben hatten: den Speicher aufräumen, die Steuererklärung rechtzeitig und, ohne zu schummeln, abgeben, zum Zahnarzt gehen, eine Nulldiät anfangen, das Silberbesteck putzen, alle Löcher in allen Socken stopfen. Sollte das nun nicht möglich sein, könnte man es ja noch verkraften. Schlimmer jedoch wäre es, wenn – mangels Jahr – auch die angenehmeren Dinge unter den Tisch fallen müßten. »Wie soll ich im nächsten Juni meine Sabine heiraten«, sagte Dirk, sich das blonde Haar raufend, »wenn es gar keinen Juni gibt?«

Denn ohne Zeit geht das alles nun mal nicht voran, weder das Sockenstopfen noch die Heiraterei.

Die Tiere im Dorf bekamen Schnatter-Maunz-Muh-und-Bellverbot. Ludwig und Paula, das Entenpaar, mußten in den Rübenkeller. Frau Hug wickelte Barri ihren geblümten Schal ums Maul, damit er es hielt. Öhlers Nora kriegte einen neuen roten Gummiball, zum Draufherumkauen, und Frau Preuß knipste für ihren Balu schnell den Christbaum an, weil der dann immer andächtig durch seine Zotteln guckt und mit dem Schwanzende ›Ihr Kinderlein kommet‹ klopft, aber ganz zart. So ein frommer Hund ist das.

An diesem Abend klopfte er passenderweise ›Stille Nacht‹.

Alle Autos blieben in den Garagen, der Schneepflug pflügte den Schnee nicht, weil das nun mal ohne Krach nicht geht. Vera, die Malerin – ja, so ein künstlerisches Dorf sind wir –, der plötzlich Mörikes Neujahrsgedicht einfiel ›Wie heimlicherweise ein Engelein leise . . .‹, malte in weißen leisen Farben dieses Engelein, wie es über ein Schneefeld hinwegschwebte. Aber weil sie sich ja eher als eine ungegenständliche moderne Malerin versteht, und eine solche hat mit Engeln – und erst recht Engelein – nichts am Hut und am Pinsel, übermalte

sie es vorsichtshalber mit einem dichten Flocken-
gestöber. Dahinter schwebt es heute noch, heimlicherweise, das Engelein leise ...

Es wurde eines ihrer schönsten Bilder.

Sogar Valerie zog den Stecker ihres Computers
heraus, setzte sich ans Spinett und spielte verhal-
ten, mit silbernem Klang: ›Horch, was kommt
von draußen rein ...‹

Dann war alles still.

So still war es noch nie gewesen in Oberweschnegg.

Auch der Schnee bemühte sich, noch leiser als
gewöhnlich zu fallen.

Stoffele hatte sich in seinem Körbchen zusammengerollt und schlief wie ein Murmeltier.

Mitten in der wunderbaren Stille hörten wir auf
einmal, wie jemand ganz zart an das Ortsschild
klopfte, das vor dem Haus Frau Kunzelmanns
steht, gegenüber vom Wegkreuz mit der Bank darunter. Das neue Jahr betrat unser Dorf.

Dreikönigskater

ir fehlt was«, sagte ich.

Stoffele guckte unterm Christbaum hervor, wo er ein Nickerchen gemacht hatte. »Bin schon da.«

»Ich meine, in diesem Buch fehlt noch eine richtig schöne Weihnachtsgeschichte.«

»Für mich?«

»Fürs Gemüt.«

»Haben wir doch schon.« Stoffele deutete mit der Pfote auf die Weihnachtspyramide, auf der – die Kerzen hatten wir ausgeblasen – Hirten, Engel, Schafe, Könige und Kamele in tiefem erholsamem Schlummer lagen. »Von denen da.«

»Diese Geschichte ist weder besonders weihnachtsfriedlich noch gemütlich. Haben wir doch gesehen. Und gehört. Und sonst fällt mir nichts ein.«

»Wie immer«, sagte Stoffele freundlich. »Gut, daß du mich hast, den Fachkater für Weihnachten.«

»So? Seit wann denn?«

»Seit mir gerade eben eingefallen ist, was mein Urururururgroßvater erlebt hat.« Und er begann:

»Mein Urururururgroßvaterkater war nämlich der Lieblingskater von Kaspar, dem schwarzen Heiligendreikönig dort im zweiten Weihnachtspyramidenstock, dem die Füße weh getan haben.«

»Halt«, sagte ich, »der schwarze König hieß natürlich Balthasar.«

»Kaspar. Wenn du's nicht glaubst, dann schau doch in deinem dicken Bibelbuch nach.«

Ich schaute nach. Las: »... da kamen Weise aus dem Morgenlande.« Sonst stand da nichts.

»Stoffele«, sagte ich, »der Bibelschreiber hat auch keine Ahnung, wer wie geheißen hat. Er drückt sich.«

»Frag den Pfarrer«, schlug Stoffele vor. »Der muß es ja schließlich wissen.«

Ich rief auf dem katholischen Pfarramt in Höchenschwand an. »Welcher Heiligedreikönig ist schwarz, Herr Pfarrer?«

Der Pfarrer war sich nicht sicher. Wahrscheinlich Melchior, meinte er, und warum ich das wissen wolle?

»Wegen dem Kater«, sagte ich. »Der schwarze Heiligedreikönig hatte nämlich nach neuesten Erkenntnissen höchstwahrscheinlich einen schwarzen Kater.«

Das könne er sich kaum denken, meinte der Pfarrer. Der Heilige Vater ließe einen Heiligen Kater wohl auch kaum durchgehen. Denkbar sei gerade noch ein Äffchen. Oder ein Papagei. Oder ein Lieblingskamel. Und woher ich das wisse.

»Von meinem Kater«, sagte ich. »Der ist doch mit diesem Dreikönigskater verwandt. In direkter Linie.«

Der Pfarrer sagte erst nichts mehr, dann, er müsse an seine Predigt denken und wünsche gute Besserung. Dem Kater auch. Und er mache, wenn gewünscht, gerne Krankenbesuche.

»Stoffele«, sagte ich, »es ist mir egal, wie er heißt, der schwarze König. Mir ist jeder Name recht. Aber erzähl endlich weiter!«

»Und als das Kind in der Krippe lag«, fuhr mein Kater fort, »da ist der schwarze König Egalwiederheißt mit den beiden anderen nach Bethlehem gezogen, um ihm zum Geburtstag zu gratulieren. Tut unserer hier« – er deutete auf die Pyramide – »ja auch. Und er hat ihm was mitgebracht. Das allerschönste, allerwertvollste, allerherrlichste Geschenk: seinen geliebten Kater. Da staunst du, was?«

Ich staunte.

»Mehr Staunen, bitte!«

Ich staunte mehr.

Stoffele nickte zufrieden und erzählte weiter:

»›Damit es was zum Spielen hat‹, sagte er zu den anderen Königen, die alles mögliche überflüssige Zeug mit sich schleppten. ›Es kann ja nicht den ganzen Tag den großen Zeh in den Mund stecken, oder? Keinem sonst würde ich ihn geben, wo er doch mein geliebter Lieblingskater ist!‹

Kind und Kater guckten sich an. Dann funkte es zwischen ihnen. Der Kater sprang in die Krippe, rollte sich im Stroh zusammen, legte seinen Schwanz um das Kind und schnurrte. Das Kind schnurrte mit. Es war halt ein besonders begabtes Kind. Nur die Mäuse, die der Kater ihm täglich brachte, mochte es nicht. Wenigstens nicht roh. Und Maria weigerte sich, diese Mäuse gebraten auf den Tisch zu bringen.«

»Stoffele«, sagte ich, »jetzt reicht es aber. Du bist, im Gegensatz zu mir, ein Kater mit Phantasie. Aber –«

Stoffele musterte mich verächtlich. »Ich bin hier der Kater. Du die Katze. Höchstens.«

»Aber wenn du erst einmal angefangen hast zu erzählen, geht der Gaul mit dir durch. Ich muß es einfach sagen: In der Weihnachtsgeschichte steht kein einziges Wort von einem Kater.«

»Natürlich nicht«, sagte Stoffele von oben herab. »Der heilige Ludwig –«

»Lukas!«

»Der alles aufgeschrieben hat, mochte nämlich keine Kater.«

Ich war erschüttert. »Mach Sachen! Und warum nicht?«

»Ist doch klar. Sie waren ihm nicht fromm genug. Schafe lagen ihm mehr. Drum rennen auch dauernd Schafe in der Geschichte und auf unserer Pyramide herum und blöken. Wie bring ich bloß diesen schwarzen Kater zum Verschwinden? hat er gedacht und sich am Kopf gekratzt. Wie ich.«

Stoffele kratzte sich mit der linken Hinterpfote hinterm Ohr.

»Aber er nur mit der Vorderpfote. Weil er die Hinterpfote nicht hoch genug kriegte. Dann ist ihm was eingefallen: ›Ich mach aus dem schwarzen Kater einfach eine Büchse Weihrauch, und die soll der schwarze König dem Kind mitbringen. Ja, so geht's!‹«

»Wenn schon, dann Myrrhe«, sagte ich. »So steht es geschrieben. Und das Wort, ihr sollt es lassen stahn.«

Stoffele verdrehte die Augen. »Fang nicht wieder an. Vielleicht war es auch Gold. Ich kann schließlich nicht alles wissen. Du brauchst ja bloß noch mal den Pfarrer zu fragen. Diesmal vielleicht den evangelischen.«

Das ließ ich lieber bleiben.

»Kind und Kater kümmerten sich überhaupt nicht um den heiligen Dingsbums mit der steifen Hinterpfote, der keine Kater mochte –«

»Lukas!«

»Auch recht. Sie freuten sich, daß sie einander hatten. Und eines Tages malte das Kind einfach so aus Spaß dem Kater ein weißes Sternchen auf die Schwanzspitze. Dieses Sternchen haben alle Nachkommen geerbt. Ich ganz besonders. Das ist meine Geschichte. Hier ist sie zu Ende. Ich schenk sie dir.«

Und so kam doch noch eine richtig schöne Weihnachtsgeschichte in dieses Buch.

Wie man Schnee macht

s schneit«, sagte Stoffele.

»Wird auch höchste Zeit«, sagte ich. »Ohne Schnee ist der Winter gar kein richtiger Winter.«

»Weißen Schnee schneit es«, sagte Stoffele andächtig.

Ich schaute zum Fenster hinaus. Tatsächlich! Der Schnee war weiß.

»Warum ist Schnee weiß?« fragte Stoffele.

»Wegen dir. Damit ich meinen schwarzen Kater seh im weißen Schnee.«

»Du hast ›schön‹ vergessen.«

»Entschuldige bitte. Also: Damit ich meinen schönen schwarzen Kater seh im weißen Schnee.«

Stoffele war beeindruckt. Vom Winter, vom Schnee und vor allem von sich.

»Ist der Schnee auf dem Mond auch weiß? Oder gelb?«

»Keine Ahnung. Ich war noch nicht dort.«

»Und in Amrigschwand?«

»Ich vermute, auch weiß.«

»Und in Himmelda?«

»Himmelda? Wo ist denn das?«

»Wo die ganz hohen, spitzen Berge sind. Die allerhöchsten, die's gibt.«

»Ach so. Du meinst den Himalaya. Ja, dort ist der Schnee auch weiß.«

»Woher weißt du das?«

»Erstens, weil ich klug bin, und zweitens, weil Schnee immer und überall weiß ist.«

»Damit man überall die schwarzen Kater gut sehen kann?«

»So ist es. Aber du bist mir der liebste.«

»Ich mir auch«, sagte Stoffele. »Und meine Schwanzspitze ist weiß wie Schnee. Ich bin ein ausgesprochen winterlicher Kater.«

Abends machten wir Nüsse auf. Das heißt, ich pulte die Kerne heraus, und Stoffele kickte die Schalen durchs Zimmer.

»Wo kommt er her, der Schnee?« fragte er und rollte die letzte Nuß unter den Schrank.

»Hab ich dir doch schon erzählt. Frau Holle schüttelt ihre Betten, und dann schneit es.«

»Wo wohnt die?«

»Äh – also –«

Stoffele legte den Kopf schief und dachte nach. »Der Schnee kommt von oben«, sagte er. »Also muß sie auch hoch oben droben sein.«

»Jetzt fällt's mir wieder ein. Ich glaube, zuerst geht's tief hinunter. Da gibt es irgendwo einen alten Brunnen. In den springt man hinein.«

»Dann kriegt man ja nasse Pfoten.«

»Kriegt man nicht. Man erwacht auf einer grünen Wiese. Von dort ist es nicht mehr weit bis zu Frau Holle.«

»Mag die Kater?« fragte Stoffele.

»Weiße Kater ganz bestimmt. Bei schwarzen bin ich nicht so sicher. Warum willst du das wissen?«

»Nur so.«

In dieser Nacht träumte ich einen seltsamen Traum. Ich sah meinen Kater auf einem dicken rotkarierten Kissen in einem gewaltigen Bett liegen. Ein Mädchen mit goldenem Haar saß neben ihm, streichelte ihn, tauchte den Finger immer wieder in ein Tellerchen, und Stoffele schleckte ihr genüßlich den Finger ab. Dann wurde die Tür aufgerissen. Auf der Schwelle stand ein anderes Mädchen, das war ganz schwarz und triefte vor Pech. Böse sah es auf die beiden. Es packte Stoffele am Schwanz, schwang ihn einige Male im Kreis über dem Kopf und warf ihn in hohem Bogen zum Fenster hinaus. Er flog und flog und landete auf dem Kompost hinterm Haus. Auf dem Kompost hockte ein roter Gockel, der schrie immer: »Kikeriki! Unser schwarzer Kater ist wieder hie!« Und Stoffele sprang aufs Fensterbrett, drückte die Nase an der Scheibe platt und maunzte.

»Laß mich hinein!«

Ich ließ ihn rein. »Wo hast du denn gesteckt?«

»Von droben, von der Frau Holle komm ich her.
Ich muß dir sagen, dort wintert es sehr!«

»Erzähl von Frau Holle«, sagte ich, nachdem wir
ausgiebig gefrühstückt hatten. »Wie war's bei
ihr?«

Stoffele rollte begeistert die Augen. »Sehr nett.
Sie hat die Hände überm Kopf zusammengeschla-
gen vor Begeisterung. Erst hat sie gesagt, daß sie
schon viel von mir gehört hat, und dann hat sie mir
Schneeballen gemacht. In Vanillesoße. Du machst
mir nie Schneeballen in Vanillesoße. Sie hat auch
einen Mann, einen Schneemann. Mit einem
schwarzen Hut, der steht ihm –«

»Gut?«

»Prima steht der ihm. Und einen Eisbär. Ihr
Enkelkind war auch gerade da. Es heißt Weißchen-
schnee.«

»Wenn schon, dann Schneeweißchen«, sagte ich.
»Und dann?«

»Haben wir Schnee gemacht. Für den Hotzen-
wald. Ich auch. Und wie!«

»Zeig mal, wie das geht, das Schneemachen!«

Stoffele sprang aufs Sofa, schlug seine Krallen in
mein blaues Lieblingskissen und riß es in Fetzen.
Es schneite Federn auf den Teppich. Dann sprang
er in die weiße Pracht, wälzte sich darin herum,
streckte alle viere nach oben und schnurrte vor
Behagen.

»Und Frau Holle? Hat die genauso Schnee gemacht?«

»Sie hat die Kissen mehr geschüttelt, weil ihre Krallen nicht so scharf sind. Aber mein Schnee war wilder. Der Eisbär sagt das auch. Und ihr Schneemann hat lauter kleine Schneemänner gebaut.«

»Und dann?«

»In dem Kissen, das ich – da war nämlich der Schnee drin für Oberweschnegg, hat die Frau Holle gesagt, und: Jetzt hab ich keinen mehr und muß erst neue Kissen nähen. Und sie hat gesagt, daß du bestimmt schon eine frische Fleischbüchse aufgemacht hast und ungeduldig auf mich wartest, und sie habe noch eine Menge zu tun, was ohne schwarzen Kater besser gehe. Wie hat sie das bloß gemeint?«

»Keine Ahnung«, sagte ich.

Am nächsten Morgen schneite es wieder. Es schneite in Amrigschwand, in Remetschwiel, in Bannholz, in Sankt Blasien. Dort war alles weiß. Bei uns in Oberweschnegg fiel keine einzige Flocke.

Was ist Wahrheit?

toffele lag im Schaukelstuhl, machte Müffchen und sah irgendwie bedeutend aus.

»Was geht dir durch den Kopf, mein lieber Kater?« fragte ich.

Er blinzelte. »Gedanken.«

»Gedanken? Dir? Was denkst du denn?«

»Nach.«

»Und worüber?«

»Halt den Mund. Du bist lästig.«

Dann hörte ich ihn vor sich hin murmeln: »Woher komm ich? Also ich komm« – unverständliches Gebrummel – »und ich geh« – Gebrummel, unverständlich.

»Darüber denkst du nach? Über das Woher und Wohin?«

Er starrte mich an. »Schon die ganze Zeit. Besonders über das Zwischendrin.«

Augen zu. Kopf auf die Pfoten. Steigerung des gedankenvollen Ausdrucks.

Ich war so baff, daß ich mich setzen mußte. Über solche Fragen zerbrach mein Kater sich den Kopf! Hatte ich, ihm nur niedere materielle Interessen zutrauend – warme Milch, Büchsen, ab und zu etwas frisches Hackfleisch von garantiert artgerecht aufgezogenen Schwarzwälder Weiderindern aus Mutterkuhhaltung –, hatte ich ihn bisher in falschem Licht gesehen? Seinen Sinn für das Wesentliche, das Geistige unterschätzt? Stand es so schlecht um meine Katerkenntnis?

»Da bist du in guter Gesellschaft, lieber Stoffele. Auch andere bedeutende Denker – etwa der von Rodin, der von Aquin, Puh der Bär sowie die Kater Murr und Hidigeigei – haben sich über diese Grundfrage unseres Daseins den Kopf zerbrochen.«

Das »bedeutend« nahm Stoffele huldvoll als ihm zukommend zur Kenntnis. Dann streckte er sich, machte einen Buckel, wechselte die Seite, knickte die Pfoten wieder ein und führte mir die Verfertigung der Gedanken beim Reden vor:

»Also noch mal, bevor du mich gestört hast: Woher komm ich« – sein Schwanz zuckte –, »richtig, von dort komm ich. Oder? Doch, von dort. Und ich geh – ich geh – ich renn – stimmt. Dorthin renn ich. Irgendwo dazwischen muß sie liegen«, murmelte er immer wieder.

»Irgendwo dazwischen«, sagte ich. »Verstehe. Die Mitte unserer Existenz, deren Verlust schon Hans Sedlmayr beklagte. Die Erkenntnis. Die Wahrheit.«

»Aber wo?« fragte Stoffele. »Das ist hier die Frage.« Und kratzte sich ausgiebig hinterm Ohr.

»Hast du Milben?«

Er sah mich vernichtend an. »Hab ich nicht.

Kratzen dient der Wahrheitsfindung. Das weiß doch jeder Kater.« Und grübelte weiter.

Die Kratzerei zeigte Wirkung. Stoffele hob, auf einmal erleuchtet, den Kopf.

»Jetzt fällt's mir ein. So ist's gewesen: Ich komm vom Misthaufen. Und ich will in den Holzschuppen. Sie muß neben der Gießkanne liegen. Oder sie hat sich in den Fleißigen Lieschen verkrochen.«

»Die Wahrheit? Ja, die liegt nicht immer offen zutage, da hast du wohl recht.«

»Meine Quietschmaus. Die du mir mal geschenkt hast. Hab sie im Maul gehabt und rumgeschüttelt und laufen lassen und immer wieder eingefangen, weil ich gerade wild war. Da ist der Rote vorbeigeschlichen und hat schief geguckt, weil er keine Quietschmaus hat, und da hab ich ihm was Tröstliches zugerufen –«

»Was denn?«

»Blöder Neidhammel!« Und dann hab ich die Quietschmaus vergessen und aus dem Maul und aus den Augen verloren, weil wir uns ein wenig unterhalten haben, wovon er einen Schlenzer im Ohr hat, und mir fehlt hinten ein bißchen Fell. Aber jetzt ist mir eingefallen, daß sie vielleicht in der Gießkanne liegt oder in dem kleinen Sautrog, wo die Fleißigen Lieschen drin sind.«

Er sprang vom Schaukelstuhl und schritt an mir vorbei in Richtung existentieller Mitte, wo die Erkenntnis liegt. Und die Wahrheit.

Die Wahrheit ist eine Quietschmaus.

Gruß vom Lenz

s gab viel zu tun. Ich rechte das Laub von den Beeten, schnitt die Forsythienbüsche und hängte den Nistkasten auf. Ein warmer Wind wehte.

»Es lenzt«, sagte ich. »Endlich!«

»Miau?« fragte Stoffele über mir.

»Und wie es lenzt! Wo steckst du?«

»Auf der Birke. Wieso lenzt es?«

»Der Lenz ist der Frühling. Früher hieß der so. Und wenn der Lenz kommt, dann lenzt es eben. Klar?«

»Klar«, brüllte Stoffele. »Achtung! Es stoffelt!« Er rutschte die Birke hinunter und landete in meinem Liegestuhl.

»Den hab ich für mich hingestellt«, sagte ich. »Schließlich habe ich schwer geschafft. Jetzt bin ich müde.«

Stoffele rutschte ein bißchen. »Für wen hast du das Häuschen in den Baum gehängt?«

»Für die *vogelîn*.«

»Ist das die Frau von einem Vogel?«

»So hat man früher zu den Vögeln gesagt. Klingt doch viel hübscher. Ein *vogelîn* sieht aus wie ein

89

Vogel und hat ein kleines Dach auf dem i, was vom Vogelhäuschen kommt. Und die *vogelîn* kommen mit dem Lenz.«

»Aha. Und wo kommt der her?« fragte Stoffele.

»Von auswärts«, sagte ich. So genau wußte ich das ja auch nicht.

»Von Attlisberg? Oder von Bannholz? Oder vielleicht von Faulenfürst? Also ich kenn da einen sehr faulen Kater, der hat einen noch fauleren Onkel, der stammt von dort.«

»Von viel weiter weg«, sagte ich.

»Vielleicht von Afrika oder so? Wie der Storch, der auf der Wiese bei Heppenschwand wohnt?«

»Keine Ahnung.«

»Er kommt, wenn's genug gewintert hat, was? Und wenn er gegangen ist, dann sommert's?«

»Kluger Kater!«

»Wie sieht er aus, der Lenz? Hat er einen Schwanz? Kann er schnurren?«

»Persönlich kenne ich ihn nicht.«

»Du weißt auch gar nix«, sagte Stoffele. »Alles muß man selber rauskriegen. Ich hab noch was vor. Bis nachher dann.«

»Na?« fragte ich, als er wie gewöhnlich mit den Pfoten gegen die Glastür hämmerte. »Etwas Milch gefällig?«

»Gruß vom Lenz«, sagte Stoffele zwischen zwei Schlabbern.

»Vom Lenz?«

»Klar. Ich hab ihn getroffen.«

»Du? Den Lenz? Wo?«

»Auf dem großen grauen Felsen. Hinterm Wald. Dort ist er draufgesessen. Er hat die Beine übereinandergeschlagen und den Kopf so in die Pfote – in die Hand gelegt. Und ich weiß jetzt alles.«

»Alles?«

»Ja. Über den Lenz.«

»Ich nicht. Erzähl mal!«

»Also«, begann Stoffele, »der Lenz riecht wirklich fein. Wie das Zeugs in unserm Garten.«

»Das ist kein Zeugs«, sagte ich. »Das sind Primeln. Zwanzig hab ich gekauft, das Stück für neunundneunzig Pfennig.«

»Einen Schwanz hat er ja leider nicht, der arme Kerl. Auch keinen Schnurrbart. Aber Gänseblümchen wachsen aus seinen Ohren. Und ganz bunt ist er. Ein Bein rot, eins grün, eins gelb, eins blau.«

»Der hat vier Beine, der Lenz?«

»Zwei von den Beinen sind Arme. Oben auf seinem Kopf ist ein Nest. Und in dem Nest sitzt – also da kommst du nicht drauf!«

»Ein Vogel?«

»Viel schöner. Ein *vogelîn* sitzt da. Und seine Nase ist ganz gelb.«

»Du meinst, sein Schnabel?«

»Mein ich nicht. Seine Nase. Die Lenz-Nase.«

»Das war bestimmt Blütenstaub. Oder hat das *vogelîn* ihm auf die Nase geschissen?«

»Quatsch! Das Gelb kommt vom Ei.«

»Ach so. Er hat ein Ei gegessen, der Lenz? Vermutlich hat er es dem *vogelîn* aus dem Nest geklaut. Find ich nicht sehr fein von ihm.«

»Blödsinn. Schwätz doch nicht immer dazwischen! Das ist so: Das Ei hat natürlich der Oberosterhase gelegt. Letzte Ostern. Und als der Sommer gesagt hat, daß er jetzt drankommt, hat der Lenz sich ganz klein gemacht und ist in das Ei gekrochen. Der Oberosterhase hat es an ein warmes Plätzchen gerollt, und dort hat der Lenz zuerst sommergeschlafen, dann herbstgeschlafen und dann wintergeschlafen. Und dann hat der Winter gesagt, ihm tät es jetzt reichen, und er ist gegangen. Dann ist das *vogelîn* zu dem Ei hingeflogen und hat sich draufgesetzt und den Lenz ausgebrütet. Und dann ist der Lenz geschlüpft, und das *vogelîn* hat auf seinem Kopf ein Nest gebaut. Und jetzt sitzen sie auf dem großen grauen Stein hinterm Wald und singen.«

»Was denn?«

»Nun will der Lenz uns grü-hü-ßen. Das heißt, das *vogelîn* pfeift, und der Lenz singt. Immer dasselbe. Er kann nämlich nur die erste Zeile vom Lied. Weil er vergessen hat, im Ei, wie's weitergeht.«

»Ich weiß es aber«, sagte ich. »Ich hab's nämlich in der Schule gelernt.«

»Sing!« befahl Stoffele, und ich sang die erste Strophe:

> »Nun will der Lenz uns grü-hü-ßen,
> Von Mi-hit-tag weht es lau.
> Aus allen Ecken sprie-hie-ßen
> die Blu-hu-men rot und blau.
> Dra-haus wob die brau-ne Hei-de
> sich ein Ge-wand ga-har fein,
> und lädt im Fest-tags-klei-de
> zum Ma-hai-en-tan-ze ein.«

»Nicht übel«, sagte Stoffele. »Das bringst du mir jetzt bei, und dann sing ich es ihm vor, damit er es nachsingen kann. Als Lenz muß man das doch wissen, vom Ma-hai-en-tan-ze und so.«

Nach einer Stunde konnte Stoffele alle Strophen und zog ab.

»Na?« fragte ich abends, als wir den Krokussen beim Einschlafen zuschauten. »Kann er jetzt das Lied vom Lenz, der Lenz?«

»Und wie! Aber ich bin ganz heiser. Und das *vogelîn* läßt dich höflich fragen, ob dein Nistkasten noch frei ist.«

»Es kann jederzeit einziehen. Aber sag ihm auch, hier sei es gefährlich. Ich hätte da einen Kater, schwarz, mit weißer Schwanzspitze, der sei furchtbar wild und immer hungrig.«

»Aber nicht auf *vogelîn*«, sagte Stoffele. »Sonst gibt's nächstes Jahr keinen Lenz mehr.«

»Komisch«, sagte Frau Hug, als ich abends meine Eier abholte, »wenn ich nicht wüßt, daß mein Barri der unmusikalischste Hund in ganz Oberweschnegg ist, würde ich darauf schwören, daß er den ganzen Nachmittag lang versucht hat, ein Lied zu bellen.«

»Ein Lied? Barri?«

»Ja. Es klang ein bißchen wie ›Nun will der Lenz uns grüßen‹. Da mußt du aber noch fest üben, mein Lieber, hab ich zu ihm gesagt.«

Die Bestie von Oberweschnegg

öwen und Tiger und so, das sind doch alles Katzen, was?« fragte Stoffele.

»So ist es.«

»Wie ich. Das heißt natürlich, ich bin ein Katzenkater.«

»Richtig.«

»Also im Grunde auch ein Löwe«, stellte Stoffele zufrieden fest. »Ein Löwenkater. Oder ein Katerlöwe?«

»Weder noch«, sagte ich. »Löwen sind gelb und viel größer.«

»Dann ein Tiger.«

»Wo sind denn deine Streifen? Nicht mal ein Minitiger bist du.«

»Ein Leopard?«

»Der hat Flecken. Und auch für den bist du zu klein.«

»Ich könnt ja noch ein bißchen wachsen. Was wär ich dann?«

»Ein schwarzer Panther. Der einzige mit weißer Schwanzspitze.«

»Ich spür schon, wie ich größer werde«, sagte

Stoffele und gluhte mit den Augen. »Wie seh ich aus?«

»Zum Fürchten.« Ich machte seine Milch warm.

»Was frißt man denn so als schwarzer Panther mit weißer Schwanzspitze?« erkundigte sich Stoffele.

»Weiß nicht genau. Vermutlich Warzenschweine, Zebras, Riesenigel und Riesenschlangen. Größere Sachen halt.«

»Die Milch kannst du selber trinken«, sagte Stoffele. »Als schwarzer Panther braucht man was zwischen die Reißzähne. Ich denke da an Riesenwarzen, Schlangenzebras oder an einen saftigen Schweinigel. Ich seh mich ein bißchen um im Dschungel hier, muß auch den andern mitteilen, wer ich in Wirklichkeit bin. Und nenn mich nicht mehr Stoffele.«

»Wie dann?«

»Vielleicht ›schwarzer Teufel‹? Oder wie wär's mit ›Schrecken des Urwalds‹? ›Bestie von Oberweschnegg‹ klingt auch nicht schlecht, was?«

»Schön! Ich werd's mir merken.«

Stoffele – ich meine, der Schrecken des Urwalds – rollte wild die Augen und schritt stolz dschungelwärts.

»Wo ist mein Körbchen?« fragte der schwarze Teufel.

»Hab ich weggeräumt. Ein Urwaldschreck in einem Körbchen – nein, das geht wirklich nicht.«

»Wie recht du hast.«

Die Bestie von Oberweschnegg legte sich zuerst auf den blanken Fußboden und dann in den Schaukelstuhl.

»Ein Schaukelstuhl ist kein geeigneter Aufenthaltsort für eine Bestie.«

»Dabei denk ich an die Lianen im Urwald, an denen schwarze Panther gewöhnlich hin- und herschaukeln«, erklärte er. »Das Warzenschwein ist vielleicht erschrocken.«

»Welches Schwein?«

»Das von Hugs. Ich hab ihm gesagt, wer ich bin.«

»Dieses Schwein hat aber keine Warzen, soviel ich weiß.«

»In der Not frißt ein Teufel auch Schweine ohne Warzen«, sagte der Schrecken des Urwalds. »Aber mit schmecken sie natürlich pikanter. In der Warze liegt die Würze.«

»Du hast es gerissen? Das wird Frau Hug aber nicht recht sein.«

»Sie hat mich gefragt, ob ich ein bißchen Milch möchte – frisch von der Kuh –, und das hat dem Schwein das Leben gerettet, wenn du verstehst.«

Ich verstand. »Wem hast du's noch verraten?«

»Barri. Dem ist die Spucke aus dem Maul gelaufen, so hat der gesabbert vor Angst.«

»Der sabbert doch immer.«

»Immer, wenn er mich sieht. Und Ludwig und Paula, die zwei Enten, haben vor Entsetzen geschnattert. Und eins von den Hühnern hat ein ganz krummes Ei gelegt. Vor lauter Schreck.«

»Du weißt, daß ich bei Frau Hug immer meine Eier hole. Ich will aber keine krummen Eier.«

»Und die Kuh, die mit den großen Hörnern, die hat mich dauernd angeglotzt. Solche Augen hat sie gemacht. Und weißt du, was sie gesagt hat?«

»Kikeriki?«

»Bist du blöd! ›Muh!‹ hat sie gesagt. Das heißt: ›Laß mich bitte leben!‹ Und dann ist sie langsam rückwärts gegangen, hat den Schwanz gehoben und gepinkelt. Weil sie sich so gefürchtet hat.«

»Na, dann muß ich dich ja nächstes Mal nicht mehr an ihr vorbeitragen wie sonst. Jetzt, wo sie weiß, wer du wirklich bist. Und weiter?«

»Dann ist Frau Baumgartner vorbeigekommen. Die mir das Futter richtet, wenn du mal weg bist.«

»Hast du sie angefaucht?«

»Und wie! Sie hat's aber nicht gemerkt. Sie hat mich –«

»Na?«

»Also – ich bring's fast nicht raus. Gestreichelt hat sie mich. Hinter den Ohren.«

»Unverschämtheit. Du hättest ihr deine Krallen zeigen müssen.«

»Hab ich ja. Sie hat mir die Pfote geschüttelt.«

»Das geht nun wirklich nicht. Weißt du was? Ich sag's ihr, daß sie dem Schrecken des Urwalds die Pfote geschüttelt hat. Sie soll sich bei dir entschuldigen. Ich muß ihr sowieso noch ein Pfund Zucker bringen.«

»Lieber nicht«, sagte Stoffele. »Sonst ist sie sauer. Und du verreist ja in drei Wochen.«

»Aber sie muß dich nun ja nicht mehr versorgen. Das übernimmst du doch von jetzt an selbst.«

Ich stellte ein paar Fleischbüchsen, die ich am Tag zuvor gekauft hatte, ins oberste Küchenregal.

»Was soll das?« fragte der schwarze Teufel.

»Die brauchen wir jetzt nicht mehr. Denk doch an die Beute, die du hier reißen kannst! Lauter größere Sachen. Das Schwein, Barri, Ludwig und Paula und die dicke Kuh mit den großen Hörnern.«

»Die gibt's aber nicht in Büchsen. Da steht noch eine auf dem Tisch.«

»Die ist für Stoffele, meinen lieben Kater. Nicht für Urwaldschrecken und Bestien von Oberweschnegg.«

»Man wird doch noch ein Späßle machen dürfen«, sagte Stoffele sanft. »Nur her damit!«

Der Osterzwerg

toffele sprang auf den Schreibtisch: »Was machst du da?«

»Ich schreibe eine Geschichte«, sagte ich.

»Fein!« sagte Stoffele.
»Mit mir drin.«

»Es ist eine Frühlings- und Ostergeschichte. Bist du ein Kater oder ein Osterhase?«

Stoffele guckte beleidigt. »Eine Geschichte ohne mich wird nix. Geschichten sind nur gut mit Katern drin. Mit Stoffelen.«

Ich gab nach. »Na schön. Aber du mußt dich mit den anderen, die auch drin vorkommen, vertragen. Nicht immer rummaunzen und den wilden Tiger spielen.«

»Miau!« sagte Stoffele. »Aber das sag ich dir: Leute, die bellen, bleiben auf jeden Fall draußen.«

»Wer soll in die Geschichte hinein?«

»Eine Wildsau. Und ein Mammut. Und –«

»Wildsau geht«, sagte ich. »Mammut nicht. Mammuts sind ausgestorben. Die lassen wir ruhen in Frieden. Vielleicht ein Elefant?«

Stoffele war dagegen. »Die sind zu nackelig. Lieber ein Kamel. Und ein Osterzwerg.«

»Was ist denn das?«

»Ein Zwerg, der in einer Frühlings- und Ostergeschichte vorkommt. Er steht unter einer Akelei und –«

»Akeleien blühen an Ostern noch nicht. Die kriegen sonst kalte Füße.«

»Dann steht er halt zwischen Osterglocken und kleinen roten Tulpen. Hat gelbe Hosen an und am Arm einen Korb mit Eiern.«

»Schön«, sagte ich. »Und was macht er?«

»Er seufzt.«

»Warum?«

»Also, ich erzähl dir das mal«, sagte Stoffele. »Der Osterzwerg steht um Ostern herum mit seinem Eierkorb da, seufzt und sagt: ›Ach, ich armer, armer Zwerg! Was hab ich denn von meinen Eiern? Gar nix. Niemand backt mir einen Eierkuchen. Weil mich niemand liebt.‹ Und er heult ein bißchen. Dann putzt er sich die Nase und verkündet: ›Ich such mir eine Frau.‹ Und zieht los. ›Im Wald findet man so manches‹, sagt er zu sich selber, geht hinein und trifft eine Wildsau mit ihren Jungen. Die sind noch im Schlafanzug.

›Morgen!‹ sagt der Zwerg. ›Na, wie geht's uns denn?‹

›Danke, saumäßig‹, grunzt die Wildsau, ›kann so bleiben. Und dir?‹

›Schlecht. Drum such ich mir eine wunderschöne Zwergenfrau. Dann geht's wieder gut. Hast du zufällig eine gesehen?‹

›Nein. Aber Eicheln. Dort hinten.‹

Der Osterzwerg sucht weiter und trifft das Kamel. Es kickt mit Tannenzapfen.

›Du bist aber auch nicht von hier‹, stellt der Zwerg fest. ›Vielleicht von Unterweschnegg?‹

›Nicht direkt‹, gibt das Kamel zu. ›Ich träum gerade, daß ich im Schwarzwald bin. Natürlich lieg ich in Wirklichkeit daheim zwischen zwei Dünen und schlafe.‹

›Ja, dann‹, sagt der Zwerg. ›Ich suche eine wunderschöne Frau für mich. Kennst du eine?‹

›Mit einem oder mit zwei Buckeln?‹

›Am liebsten ohne.‹

›Dann kann ich dir leider nicht helfen‹, sagt das Kamel traurig. ›Und ich wach auch gleich auf. Besuch mich mal. Sahara oder Gobi. Genau weiß ich's nie. Hinter der zweiten Düne links.‹

›Mach ich‹, sagt der Zwerg. ›Meine Frau kommt dann mit.‹ Und er sucht weiter und –«

Ich wurde ungeduldig. »Aber wann erscheinst du?«

»Jetzt!« sagte Stoffele. »Der Höhepunkt in einer Geschichte kommt immer gegen Ende. Wegen der Spannung.« Er richtete sich stolz auf und fuhr fort: »Wie er so herumsucht, da tritt plötzlich hinter einem Busch ein prächtiger Kater hervor. Kohlrabenschwarz. Gewaltiger Schnurrbart. Wundervoller weißleuchtender Tupfen am Schwanzende.

›Du mußt der berühmte Mephistopheles sein‹, sagt der Zwerg ehrfürchtig. ›Ich hab schon furchtbar viel von dir gehört.‹ Und er bittet ihn höflich um Hilfe.

›Mach ich‹, spricht der herrliche Kater, ›für einen wie mich ist das eine Kleinigkeit. Ich kenn da einen Garten, wo ich immer, wenn ich mal muß, ja, auch ein Kater wie ich muß ab und zu mal – also da gibt es eine Menge Zwerge und Zwerginnen. Bestimmt ist eine darunter, die dir gefallen wird. Die entführen wir. Unter Lebensgefahr. Zittre nicht! Du stehst natürlich unter meinem Schutz!‹ So schleichen sich die beiden unter Lebensgefahr in den Garten der Zwerge. Und da steht sie, die hübscheste aller Zwergenfrauen, mit blauer Zipfelmütz und roten Backen. Eine Wonne!

›Die?‹ fragt der stolze Kater.

›Die oder keine!‹ sagt der hingerissene Zwerg. ›Wie heißt du denn?‹

›Ich bin die schöne Helena‹, sagt die lieblich Bemützte, ›aber alle sagen Schön-Lenchen zu mir. Und der dort hinten ist mein Mann. Der mit dem Spaten.‹

›Macht nix‹, sagt der Osterzwerg. ›Ich klau dich!‹

›Fein!‹ sagt die Holde.

Die beiden schwingen sich auf den Rücken des

herrlichen Katers, und schon geht's, wiederum unter Lebensgefahr, heim.

Nun sind sie in einem Garten vereint. Und es schaun sich freundlich an Zwergenfrau und Zwergenmann. Die Osterglocken läuten, was sie können, die kleinen Tulpen blühen, so rot sie's hinkriegen, und die Welt ist sehr schön. Aber nicht lange.«

»Warum nicht?« fragte ich.

»Der Spatenzwerg will seine Frau wiederhaben. Er zieht mit dem Laternenzwerg, dem Schaufelzwerg, dem Anglerzwerg und dem Schubkarrenzwerg los, und sie belagern den Garten des Osterzwergs. Ein Bücherzwerg ist auch dabei, der schreibt alles auf, was passiert, damit man es später auch noch weiß. Die Belagerung dauert immer länger. Zehn Jahre lang. Weil sie nirgends ein Loch im Gartenzaun finden. Dann haben sie die Nase voll, sammeln überall Holz und bauen ein Pferd. Mit einem Loch im Bauch. Weil es so komisch aussieht, nennen sie es ›das drollige Pferd‹. Sie nehmen Schaufeln, Angeln, Messer und Gabeln und andere gefährliche Waffen mit und klettern in den Pferdebauch. Am nächsten Morgen kommt der Osterzwerg, sieht das drollige Pferd und denkt: das schenk ich Schön-Lenchen zum Geburtstag. Er schiebt es in den Garten hinein, wo es nun herumsteht.«

»Und mir bekannt vorkommt«, sagte ich. »Bist du sicher, daß es ein drolliges und nicht das trojanische Pferd ist, von dem ich dir neulich erzählt hab? Das wird bös enden, fürchte ich. Wo du doch kein Blut sehen kannst. Und ich auch nicht.«

»Hast recht«, sagte Stoffele, kratzte sich hinterm Ohr und kam zum Schluß: »Aus dem Bauch des drolligen Pferdes klettern die Belagerungszwerge, stellen sich nebeneinander auf und singen dem Paar ein Ständchen zur Hochzeit.«

»Aber die Braut ist doch schon verheiratet«, wandte ich ein. »Mit dem Spatenzwerg!«

»Der hat von ihr die Nase voll«, erklärte Stoffele. »Drum schenkt er sie jetzt dem Osterzwerg. ›Ich hab mir's überlegt‹, sagt er. ›Du kannst sie haben. Weißt du, sie ist nicht die ideale Frau für einen schwer arbeitenden Zwerg. Sie hat meinen Spaten nie so geputzt, wie es sich gehört. Immer waren Flecken dran. Daheim in meinem Garten steht eine bei den Geranien mit Putzlappen und Besen. Die nehm ich!‹

›Herzlichen Dank!‹ sagt der Osterzwerg. ›Ich hab keinen Spaten. Ich hab nur immer Hunger. Auf Eierkuchen, russische Eier, Soleier, Spiegeleier, Rühreier, Eierschwämmlesuppe, Eierspätzle, Eierlikör und so.‹

›Kann ich alles‹, sagt Schön-Lenchen. Und dann feiern sie Doppelhochzeit. Dankbar gedenken alle des edlen, mutigen Heldenkaters, dem sie ihr Glück verdanken, des Beschützers der Einsamen, Schwachen und der Gartenzwerge.«

Ich war beeindruckt. »Schöne Geschichte.«
Stoffele fand das auch.

»An Bescheidenheit wirst du jedenfalls nicht eingehen.«

»Warme Milch, wem warme Milch gebührt«, sagte Stoffele. »Und auf dem Küchentisch steht eine Büchse, die ist noch zu. So ein Happy-End macht hungrig. Und vielleicht ein Stückchen Butter. Und etwas Leberwurst. Und vor der Tür liegt eine Maus. Ich mag rohe Maus nicht so sehr. Könntest du sie ein bißchen anbraten?«

Wolken mit Schwanz

um Kuchenbacken braucht man Mehl, Butter, Milch und –

»Halt«, brüllte Stoffele, »das arme Ei! Dann geht es ja kaputt!«

»Nur die Schale. Was innendrin ist, kommt in den Kuchen.«

»Was ist innendrin?« fragte Stoffele.

»Eiweiß und Eigelb natürlich.«

»Woher weißt du das?«

»Das weiß ich, weil bisher in allen Eiern, die ich persönlich gekannt habe, immer das gleiche drin war.«

»In dem hier kann aber was ganz anderes sein«, vermutete Stoffele.

»Was denn zum Beispiel?«

»Ein Krokodil. Oder ein Fahrrad. Oder ein Baum. Oder eine Musik.«

»Glaub ich nicht.«

»Aber ich.«

»Stoffele! Das ist ein hundsgewöhnliches Ei.«

»Ist es nicht. Es guckt so.«

»Eier gucken nicht.«

»Klar guckt es. Da oben hat es zwei kleine braune Flecken. Das sind die Augen. Ein Guck-Ei ist das.«

Langsam wurde ich ungeduldig. »So wird der Kuchen nie fertig. Das Ei muß in den Teig. Da kann es gucken, wie es will.«

»Wahrscheinlich ist ein Prinz drin«, sagte Stoffele. »Nein, höchstwahrscheinlich. Einer wie der im Dornröschen. Der würde dir einen Mordskuß geben und dir einen Rosenstrauß bringen. Mit so einem Prinzen tät ich umgehen wie mit einem rohen Ei.«

»Was soll ich also damit machen?«

Stoffele legte die Pfote darauf. »Gar nix. Ich übernehm es. Wirst schon sehen, was da rauskommt.«

Er rollte das Ei vorsichtig in sein Körbchen.

»Na?« fragte ich am nächsten Morgen. »Wie geht's deinem Ei?«

»Brüll nicht so«, sagte Stoffele. »Es braucht Ruhe.«

»Zeig mal her.«

»Nix da. Es will nicht beglotzt werden. Dann geniert es sich.«

»Na, dann nicht«, sagte ich. »Dann schreib ich halt einen Brief.«

»Einen möglichst langen«, sagte Stoffele.

»Du willst mich wohl loshaben?«

»Klar.« Stoffele leckte ein bißchen an dem Ei herum. »Kleine Katzenwäsche.«

In der Nacht schepperte und klepperte es gewaltig. Der Krach kam aus der Küche. Stoffele saß auf dem Tisch und putzte sich. Und auf dem Boden –

»Was hast du wieder angestellt?« fragte ich.

»Du hast doch solche gackeligen Teller und Tassen –«

»Hahn und Henne. Ein altes Schwarzwälder Motiv. Hat mir meine Großtante vererbt.«

»Die Tasse mit dem Gockel hat sowieso schon einen Sprung gehabt«, sagte Stoffele. »Und die Suppenschüssel hast du nie benutzt, weil die Suppe immer anbrennt. Und endlich kannst du dir neue Gläser kaufen, jetzt, wo die alten weg sind. Freust du dich?«

»Und wie. Wo ist das Ei?«

Stoffele zeigte mit der Pfote auf ein paar zerquetschte Schalenreste im Körbchen.

»Was war drin?«

»Ein Riese natürlich.«

»Aha! Ein Riese!«

»Es war ein kleiner Riese«, sagte Stoffele. »Ein Eier-Riese sozusagen.«

»Wie ist der in das Ei gekommen?«

»Weiß er nicht, hat er gesagt. Wahrscheinlich hat ihn jemand hineingehext.«

»Soso. Und wer?«

»Eine Hex. Die hexen doch immer, die Hexen. Drum heißen sie ja so.«

Ich setzte mich.

»Das ist mein Körbchen!« brüllte Stoffele. »Das hält dich nicht aus.«

Erschrocken fuhr ich auf. »Erzähl mal!«

»Das war so«, sagte Stoffele. »Sie sind alle daheim in der Küche gesessen. Der Riese, seine Riesenfrau, die Riesenkinder, der Riesenkater und die Hex. ›Ries ärgere dich nicht!‹ haben sie gespielt. Dann hat die Hex den Riesen hinausgeschmissen, und er hat eine Riesenwut gekriegt und ihr was nachgebrüllt.«

»Was denn?«

»›Scheißhex, verdammte!‹ Und dann hat die Hex ihn aus Wut in das Ei hineingehext. Und als ich mir das Ei so angeguckt hab, ist es auf einmal irgendwie aufgegangen, und der Riese ist herausgekrabbelt.«

»Und? Hat er was gesagt?«

»›Ich danke dir, Stoffele, großmächtiger und edelster aller Kater. Du hast mich befreit. Ohne dich wär ich längst verbacken. Oder zu einem Riesenrührei in die Pfanne gehauen. Wenn du einen Wunsch hast, sag ihn mir. Ich erfülle ihn dir sofort.‹«

Ich sah mich um in der Küche. »Ich sehe aber keine Spur von einem Riesen.«

»Weil er wieder weg ist«, sagte Stoffele. »Bei sich daheim, bei seiner Riesenfrau und seinen Riesenkindern. Wahrscheinlich spielen sie schon wieder

›Ries ärgere dich nicht!‹. Das tun sie nämlich am liebsten. Aber diesmal ohne die Hex.«

»Kann ich verstehen. Und was hast du dir gewünscht, mächtigster aller Kater?«

»Großmächtigster«, verbesserte mich Stoffele bescheiden. »Und edelster. Lauter Schwänze.«

»Du übertreibst«, sagte ich. »In der Geschichte mit dem Sternenschnupp hast du dir noch einen Schwanz dazugewünscht, was, wie ich finde, durchaus im Rahmen geblieben ist, wenn auch leider ohne Erfolg. Aber nun gleich mehrere Schwänze?«

»Nicht für mich«, sagte Stoffele. »Für die Wolken. Ich hab mir gewünscht, daß alle Wolken am Himmel einen Schwanz haben sollen. Und der Mond zwei Ohren.«

»Hat's geklappt?«

»Was denkst du denn? Toll war's. Die eine Wolke, die neben dem Mond, hat ihn herunterhängen lassen. Und die nebendran hat ihn hochgestellt. Die kleine ganz links hat mit dem Schwanzende wunderschöne Kringel gemacht, nachdem ich ihr gezeigt hab, wie das geht. Eine andere hat ihn um sich herumgelegt. Zwei haben ihre miteinander verwickelt. Und der Mond hat mit den Ohren gewackelt und sie immer auf- und zugeklappt. Die interessantesten Sachen im Leben verschläfst du.«

»Prima hab ich geschlafen. Bis ein Mordskrach mich geweckt hat.«

»Das«, sagte Stoffele, »war der Riese. Er ist halt ein bißchen ungeschickt. Du weißt ja, wie Riesen sind. Hunger hat er auch gehabt. Einen Riesenhunger. Die Würstchen sind alle. Und der Käse. Und Milch hat der gesoffen. Ich kann dir sagen. Aber jetzt ist er ja weg.«

»Gott sei Dank«, sagte ich. »Und die Wolkenschwänze?«

»Die natürlich auch. Schöne Sachen halten sich nicht so lang. Sonst wären sie ja ganz gewöhnlich. Und keiner würde mehr hingucken.«

Er riß das Maul auf und gähnte.

»Woher kommt das Gelbe an deinem Schnurrbart?« fragte ich.

Aber mein Kater hatte sich schon zusammengekringelt und schnarchelte vor sich hin.

Güle, güle!

ast du mir was mitgebracht?«
fragte Stoffele.

»Klar«, sagte ich. »Ich
werd doch meinen lieben
Kater nicht vergessen.«

»Was ist es?«

»Eine Geschichte. Ich hab sie gerade noch in
meinen Koffer hineinbekommen. Fast hätt er
zuviel gewogen.«

Ich nahm Stoffele auf den Arm.

»Du hast aber zugelegt. Die Nachbarin scheint
dich gut versorgt zu haben. Du wiegst bestimmt
mehr als die Geschichte.«

»In der Not frißt der Teufel auch mal Aldi-Do-
sen«, sagte Stoffele. »Was wiegt deine Geschichte
denn?«

»Fünf Kilo mindestens. Ich hab meine alten
Schlappen, drei einzelne Socken, die Zahnbürste
und den grünen Pullover, in dem ein paar Maschen
abgehauen sind, dafür dortlassen müssen.«

»Wo dort?«

»Ganz hinten weit in der Türkei. Und jetzt tun
mir die Füße weh.« Ich zog die Schuhe aus und
ließ mich in den Schaukelstuhl fallen.

Stoffele sprang auf meinen Schoß und spitzte die Ohren. »Erzähl mal von der Weithintentürkei!«

»Also«, begann ich, »ich war am Meer. Das Meer liegt an der Küste. Manchmal war es furchtbar wild. Haushohe Wellen. Aber ich bin mutig mitten hineingesprungen. Du kennst mich doch.«

»Bei uns in Oberweschnegg machst du das nie.«

»Das kommt daher«, sagte ich, »daß in Oberweschnegg die Wellen nicht so toll sind. Ich bevorzuge aber nun mal Wellen von ungeheurer Wildheit. Du verstehst?«

»Verstehe«, sagte Stoffele, »erzähl weiter!«

»Und an einem wunderschönen Abend hab ich ein Pferd gesehen.«

»Ein Seepferd?«

»Es kam übers Meer geflogen.«

»Ein Meerpferd?«

»Ein richtiges Pferd.«

Stoffele nickte verständnisvoll. »Das hat sicher gedacht, es ist ein Vogel. So was gibt's. Ging mir genauso neulich, als ich den Piepmatz ganz oben auf dem Baum gesehen hab. Der ist auf- und ich bin ihm nachgeflogen. Ich mein, ich hab mich gerade noch festhalten können.«

»Mein Pferd hatte Flügel, die glänzten in der Abendsonne. Und dann landete es am Meeresstrand, scharrte mit dem rechten Huf, neigte den Kopf, wieherte freundlich und sagte Guten Abend.«

»Und du? Hast du auch gewiehert?«

»Ich hab ihm über die Mähne gestrichen und gefragt, wo es herkomme und wie es heiße.«

»Wie heißt der Gaul?« fragte Stoffele.

»Pegasus. Und er stammt aus der Gegend dort. Er ist aber kein Gaul. Er ist ein edles Pferd. Das edelste, das es überhaupt gibt. Pegasus ist nämlich das Dichterpferd.«

Stoffele war beeindruckt. »Ein Pferd, das dichtet?«

»Es dichtet nicht selber. Dichten tun die, die auf ihm reiten. Die Dichter.«

»Und wenn ein Nichtdichter sich draufsetzt?« wollte Stoffele wissen.

»Dann wirft es ihn ab.«

»Aber woran merkt es denn, ob einer ein Dichter oder ein Nichtdichter ist? Riechen Dichter besonders? Gucken sie anders?«

»Weiß ich nicht. Aber der Pegasus merkt immer, ob ein richtiger Dichter auf ihm reitet.«

»Können Dichter schnurren?«

»Keine Ahnung.«

»Die guten bestimmt«, sagte Stoffele. »Das erklärt alles. Daran merkt er's. Weiter! Was ist dann passiert?«

»Ich hab mich auf den Pegasus gesetzt und –«

»Und er hat dich abgeworfen. Wegen Nichtschnurrenunddahernichtdichtenkönnens.«

»Keineswegs«, sagte ich. »Auch Nichtschnurrer können durchaus passable Dichterinnen und Dichter abgeben. Wir sind übers Meer geflogen und dann auf einem Berg gelandet. Ganz oben lag eine uralte Stadt.«

»Älter als du?«

Ich schwieg beleidigt.

»So alt wie Oberweschnegg?«

»Nur ein paar tausend Jährchen älter. Ich hab dir doch mal die Geschichte vom Kampf um Troja erzählt. Du hast sie mir wiedererzählt, in deiner Osterzwerggeschichte, weißt du noch?«

Stoffele erinnerte sich dunkel. »Wo diese Klara von einem Drachen geklaut wird, und ein schöner Ritter auf einem hölzernen Pferd reitet durch die Dornenhecke und holt den Knüppel aus dem Sack und gibt dem Drachen eins auf den Deckel?«

»So ungefähr war's«, sagte ich. »Die Klara hieß übrigens Helena, aber um solche Kleinigkeiten brauchen wir uns nicht zu kümmern. Als der Krieg aus war, wollten viele Krieger nicht mehr heim. Es gefiel ihnen in dem Land, das heute Türkei heißt. Darum sind sie geblieben, haben Städte gebaut und es sich darin gemütlich gemacht. Zu einer von ihnen hat mich Pegasus hingeflogen. Sie heißt Termessos und liegt im Taurusgebirge. Ganz oben auf dem Gipfel eines Berges ist ein Theater. So was Schönes hab ich noch nie gesehen.«

»Haben die Leute den ›Gestiefelten Kater‹ gespielt?« fragte Stoffele.

»Gar nichts haben sie gespielt. Termessos ist nämlich eine Ruinenstadt. Die Leute sind längst nicht mehr da.«

»Wo sind sie denn?«

»Weg. Vom Winde verweht.«

»Und ihre Kater?«

»Auch.«

Stoffele seufzte ausgiebig. »'s ist schad um die Kater!« Er senkte den Kopf.

Und wir legten eine Minute stillen Gedenkens ein für die termessischen Kater, die der Wind der Geschichte verweht hatte, wie er alles Gute, Wahre und Schöne verweht. Viel länger hält sich der Rest: Wüstes und Häßliches, von dem ein Dichter – ein wahrer, also ein schnurrenkönnender – einmal sagte: »Du hast so was Verläßliches.«

Stoffele hob den Kopf. »Weiter!«

Ich fuhr fort: »Nur ein paar Schildkröten hab ich gesehen. Die krochen langsam durchs Gebüsch und erzählten einander von der alten schönen Zeit –«

»Der Katerzeit«, sagte Stoffele mit glänzenden Augen.

»Dann sind wir zurückgeflogen, Pegasus hat zum Abschied gewiehert und auf türkisch ›güle, güle‹ gesagt. Das heißt ›Auf Wiedersehn‹.«

»Erzähl mal!« sagte Stoffele.

»Was denn? Die Geschichte ist zu Ende.«

»Erzähl, was sich die Schildkröten noch erzählt haben«, sagte Stoffele.

Ich gähnte. »Heute nicht mehr.«

»Wann?« fragte Stoffele.

»Demnächst in diesem Theater«, versprach ich.

»Fein«, sagte Stoffele, »Allaha ismarladik!«, und sprang zum Fenster hinaus.

»Was heißt das?« rief ich ihm nach.

»Auf Wiedersehn. So sagt der, der geht. Wer bleibt, sagt ›güle, güle‹. So ist das nämlich in der Türkei.«

»Woher willst du das wissen?«

»Der *köpek*, also der Hund von unserer Eierfrau, hat einen Freund in Attlisberg, der kennt einen andern *köpek*, und von dem weiß ich es. Der hat nämlich ein Schlappohr und ein Standohr und ein türkisches Herrchen. Kapiert?«

»Evet!« sagte ich. Das ist auch türkisch und heißt »ja«.

Mit Gefühl

eute wirkte Stoffele besonders schwarz, und seine weiße Schwanzspitze leuchtete nicht wie sonst. Er hockte auf dem Fensterbrett und sah aus –

»Als ob dir was über die Leber gelaufen wär«, sagte ich. »Was ist denn los?«

Stoffele ließ den Kopf hängen.

»Heraus damit!«

»Er hat mich runtergeworfen.«

»Wer?«

»Der Baum.«

»Welcher war's denn?«

»Der mit dem dicken Stamm und den vielen Blättern drauf, der Mistbaum.«

»Ach, der«, sagte ich. »Der ist doch sonst ganz verträglich.«

»Und alle haben zugeschaut, wie er mich runtergeworfen hat. Alles an mir ist ge- und zerbrochen. Wenigstens fast.«

»Dein Schwanz ist noch ganz. Du wirst es überleben.«

Stoffele verfinsterte zusehends.

»Was ist noch passiert?«

»Die Milch ist sauer geworden.«

»Na ja, das kann schon mal passieren. Heute ist's warm.«

»Gerade als ich was trinken wollte, ist sie ganz schnell sauer geworden«, sagte Stoffele. »Blöde Milch, blöde. Und dann –«

»Und dann?«

»Der Kater, der neulich hergezogen ist, hat mich –«

»Was hat er dich?«

»Millionisch hat er mich verhauen. Auf die Nase. Milliardisch. Scheißkater, der!«

»Ich seh kein Blut.«

»Es ist ja keins mehr in mir drin. Das ist alles aus mir herausgespritzt. Bin jetzt ganz unblutig. Und Muschi, die kleine Graue von gegenüber, hat sich die Ohren zugehalten.«

»Warum denn?«

»Weil ich ihr was vorgesungen hab. So ein wunderschönes Lied! Acht Strophen. Mit Liebe drin. Dumme Gans!«

»Eine Katze ist keine dumme Gans«, sagte ich. »Was noch?«

»Und dann hat mir die Maus die Zunge rausgestreckt. Die hinterm Komposthaufen wohnt. Freches Luder!«

»Du bist heute halt mit der linken Pfote aufgestanden«, tröstete ich ihn.

»Keiner liebt mich«, sagte Stoffele düster.

»Fang bloß nicht wieder damit an. Das bildest du dir nur ein. Was guckst du so komisch?«

Stoffele bekam Stielaugen. »Ich krieg ein Gefühl. Ganz grau. Ganz klebrig. Es dauert von der Schwanzspitze bis zum allerlängsten Schnurrbarthaar. Jetzt sagt es was, das Gefühl. Ich hör's ganz deutlich.«

»Was sagt es denn?«

»Ach, du armer Kater, sagt es. Ganz laut. Und ganz, ganz traurig. Ein wunderbar trauriges großes Heulgefühl. Gleich heul ich mit.«

Und Stoffele heulte. Es war beeindruckend.

»Ach, ich armer Kater«, heulte er. Dann schniefte er es. Dann probierte er es auf drei Beinen. Dann machte er dazu Müffchen. Dann heulte er es zweimal hintereinander.

»Zweimal armer Kater ist nämlich viel ärmer als einmal armer Kater«, erklärte er zwischen zwei Heulern.

»Du kannst doch nicht die ganze Zeit über heulen. Komm mit in den Garten. Ich rupfe Unkraut, und du fängst Blättermäuse.«

»Ich muß auf mein Gefühl aufpassen«, sagte Stoffele. »Damit es wächst und immer größer und trauriger wird. Gib mir mal einen Blumentopf.«

Ich holte ihm einen aus dem Gartenhäuschen.

Er wies ihn empört zurück. »Der ist viel zu neu und viel zu ganz. Ich brauch einen armen, alten, halb kaputten mit Kratzern. Einen wie mich.«

»Bitte sehr!« Ich fand einen ziemlich ramponierten, bedauernswerten Topf. In den setzte Stoffele nun sein schönes trauriges Gefühl, dann stellte er ihn neben sein Körbchen. Stundenlang hockte er so da und paßte auf, daß es nicht verduftete.

»Keiner liebt mich«, sang er herzzerfetzend. »Alle sind sauer, wenn ich auftauche. Alle werfen mich überall hinunter! Alle verhauen mich millionisch! Alle strecken mir die Zunge raus! Alle halten sich die Ohren zu, wenn ich ein bißchen singen will, und gucken weg! Alle! Weil ich ein armer, armer Kater bin.«

»Wird's?« rief ich aus dem Garten.

»Ganz toll«, schrie Stoffele. »Es guckt schon raus. Es wächst wie wild. Gleich ist es oben an der Decke. Krrrchhh!«

Ich rupfte weiter Unkraut. Trotz krrrchhh. Dann ging ich hinein, Kaffee kochen. Stoffele hockte zerzaust, aber glücklich in seinem Körbchen.

»Na«, fragte ich, »wo ist das Gefühl?«

Er zeigte mit der Pfote auf die Treppe. »Unter der dritten Stufe. Im Mauseloch. Ich hab's hineingestopft. Immer größer und trauriger ist es geworden. Und auf einmal wollte es mir an den Kragen und mich erwurgeln. Dem hab ich's aber gezeigt. Hör mal!«

Ich ging zum Mauseloch, legte mich auf den Boden, spitzte das rechte Ohr, und dann hörte ich es: »Ach, ich armer, armer Kater! – Ach, ich armer, armer Kater!« Immer leiser wurde es. Dann war es weg.

»Abgemurkst hab ich's«, sagte Stoffele stolz. »Mordskater!«

»Wen meinst du?«

»Mich, natürlich.«

»Dann bist du jetzt also kein armer, armer Kater mehr?«

»Wie kommst du denn da drauf? Ein Mordskater bin ich. Das ist ein viel tolleres Gefühl! Gib mir mal einen Blumentopf, aber einen neuen, schönen, ohne Kratzer. Einen, der zu mir paßt.«

Und Stoffele setzte das neue Mordskatergefühl in einen neuen, schönen Topf.

In dem wächst und blüht es wie wild.

»Na?« fragte ich am nächsten Tag. »Wie geht's dem neuen Gefühl?«

Stoffeles Schwanz machte einen Freudenkringel. »Ich hab's hinausgestellt. Mitten ins Gras, damit alle es sehen und hören können und begeistert sind.«

»Und? Was hat es gesagt?«

»Stoffele ist der mordsmäßigste Mordskater von ganz Oberweschnegg, hat es gesagt. Und alle haben genickt. Ja, du bist wirklich ein Mordskater, hat dann der Baum gesagt und mir einen Ast hingestreckt zum Klettern. Und die Milch war ganz süß.

Und die Maus hat so gezittert, daß ich sie getröstet hab. Und der Kater von drüben hat mich ganz höflich gefragt, ob er mir vielleicht meinen berühmten linkspfotigen Krallentrick zeigen will. Und die kleine Graue hat mich gebeten, ihr was vorzusingen. Was ganz Langes.«

»Na, dann ist ja alles wieder in Ordnung«, sagte ich.

Der Windmacher

chweinerei!« sagte Stoffele und schlüpfte schnell durch den Türspalt. »Jetzt haben sie mich doch noch erwischt.«

»Wen meinst du?« fragte ich.

»Na, die Wolken. Hinten.«

»Der Schwanz ist noch dran«, sagte ich.

»Aber naß«, sagte Stoffele grollend. »Das mag er nicht.«

»Regen bringt Segen. Der Garten freut sich. Die Blumen wachsen.«

»Pinkeln mir einfach auf mein bestes Stück«, schimpfte er. »Blödes Volk! Denen werd ich's zeigen!«

»Du? Den Wolken? Wie denn?«

»Wirst schon sehen!«

»Vielleicht wächst dein Schwanz auch noch ein bißchen«, sagte ich.

Nachmittags kam Wind auf. Der Wind wurde zum Sturm, der Sturm zu einem richtigen Orkan. Die Birke bog sich bis zum Boden. Drei Ziegel rutschten vor Schreck vom Dach, einer fiel auf die Stiefmütterchen (die blauen) und brach entzwei.

Die gelbe Gießkanne rollte über die Straße und verschwand in der Tannenhecke gegenüber. Die Wolken sahen erbärmlich aus. Ganz zerfetzt und zerrissen, wußten sie nicht mehr, wohin. Stoffele lag auf der Fensterbank und sah dem wilden Treiben genüßlich zu.

»Fein!« sagte er.

»Du bist gut. Nachher muß ich hinaus und alles wieder zusammensuchen. Und den Nachbarn bitten, mir aufs Dach zu steigen.«

»Gewußt, wie«, sagte Stoffele und schleckte sich zufrieden die Pfoten.

»Wie meinst du das?«

»Frag mal, wo der herkommt, der Sturm.«

»Da brauch ich nicht zu fragen. Das weiß ich von der Wetterkarte im Fernsehen gestern abend. Der kommt von Westen, der Sturm.«

Stoffele strich sich mit der nassen Pfote über die Ohren. Das linke Ohr war nach vorn geklappt.

»Deine Ohren stimmen nicht«, sagte ich. »Sieht sehr unordentlich aus. Die Wetterfrösche im Fernsehen wissen immer vorher, ob's regnet oder ob die Sonne scheint.«

Stoffele drehte den Kopf und glättete sorgfältig das Fell auf seinem Rücken.

»Weil sie das studiert haben, das Wetter. Und weil ihre Ohren immer richtig liegen.«

Stoffele buckelte und gähnte.

»Es sind kluge Frösche«, sagte ich. »Und sie grinsen auch nicht so komisch wie du.«

»Ich grinse nicht komisch«, sagte Stoffele würdevoll. »Ich lächle. So lächelt ein Sieger.«

»Wen hast du denn besiegt?«

»Na, diese Pinkel-Wolken. Zerrissen. Zerfetzt. In die Flucht geschlagen. Auseinandergenommen. Vernichtet. Die haben ausgepinkelt.«

»Du warst das?«

Er nickte bescheiden. »Wer sonst?«

»Stoffele«, sagte ich, »das war doch der Wind, der Wind, das himmlische Kind.«

»Schon. Aber auf meinen Befehl hin.«

»Hör mal zu. Das geht so: Da ist das Meer. Die Sonne scheint auf das Wasser und erwärmt es. Dann gibt es Dampf. Der Dampf steigt nach oben und macht Wolken. Oben ist es kühler, darum kühlen die Wolken wieder ab und regnen. Aber nicht, weil sie es auf einen mickrigen Katerschwanz abgesehen haben. Und Wind gibt es, wenn warme und kalte Luft sich treffen. Dann machen sie einen Mordswirbel, dazu sagt man Wind. Der Wind treibt die Wolken vor sich her oder reißt sie zu Fetzen. Wenn der Wind stark ist, heißt er Sturm. Oder Orkan. Als gebildeter Kater sollte man so was wissen.«

»Ph!« sagte Stoffele.

»Was heißt hier ›ph‹?«

»Ph heißt, daß du keine Ahnung hast. Und außerdem hast du ›mickriger Katerschwanz‹ gesagt.

Du bist ja nur neidisch. Wie die Wolken. Weil ihr keinen Schwanz habt.«

»Das ›mickrig‹ nehm ich zurück. Entschuldige bitte. Aber das mit den Wolken und dem Wind hab ich in der Schule gelernt.«

»Dazu braucht man keine Schule«, sagte Stoffele verächtlich. »So was wird einem schon als kleinem Kater im Körbchen gesungen.«

»Was denn?«

»Na, Wind machen und so. Wie das geht.«

»Sing mal!« sagte ich und spitzte die Ohren.

»Also zuerst klettert man auf einen Baum. Bis der Baum aufhört. Dann klappt man das rechte Ohr nach hinten und das linke Ohr nach vorn, macht einen besonders schönen Buckel und schlenkert einmal rundum mit dem Schwanz. Das gibt einen Wirbel. Zweimal schlenkern gibt Sturm und dreimal Orkan. Es kommt natürlich sehr drauf an, mit was für einem Schwanz man schlenkert. Ein schwarzer Schwanz mit weißer Spitze ist unschlagbar. Wenn man ausgeschlenkert hat, macht man die Augen zu. Ganz fest. Und dann kommt der Brüll.«

»Der Brüll?«

»Bei Wind brüllt man uauauauah! Bei Sturm uauauauauauauuuuuhhh!, bei Orkan ouououououoa-uuuuuuuuu! Soll ich mal?«

»Bitte nicht. Und dann?«

»Schüttelt man ganz lässig die linke Pfote.«

»Und dann?«

»Dann guckt man, daß man schnell vom Baum runterkommt, bevor's losgeht.«

»Hab ich nicht gewußt«, sagte ich. »Ich staune. Einen Wind oder Sturm einfach aus dem Ärmel schütteln – wirklich toll!«

»Nicht Ärmel. Pfote! Du mußt es mal probieren. Den nächsten Sturm machst du. Den Brüll und das Klettern üben wir vorher noch ein bißchen.«

»Ich denke nicht daran«, sagte ich. »Ich mag keine Stürme. Und außerdem hab ich keinen Schwanz zum Schlenkern.«

Stoffele nickte. »Stimmt. Ihr seid nicht sehr begabt für so was. Dann laß ich halt die Sonne wieder kommen. Guck, da ist sie schon!«

Auszug

ch muß mal«, verkündete Stoffele.

»Sehr interessant«, sagte ich.

Stoffele verschwand um die linke Hausecke und tauchte nach kurzer Zeit wieder auf. Von rechts.

»Wo hast du –?« fragte ich.

»Eigentlich wollte ich ja bei den Tulpen. Aber da liegen auf einmal große Steine dazwischen. Mit Steinen geht es aber nicht. Dann bin ich unter den Goldregenbusch, wo die Erde so schön locker ist. Macht richtig Spaß, zu scharren.«

»Mein neues Beet!« jammerte ich. »Erst hab ich das Unkraut herausgerupft, dann den Boden gelockert und mit Kompost gemischt, dann alles schön glatt gerecht, und heute mittag sollten die Setzlinge hinein. Gefüllte Margeriten. Die Steine hab ich deinetwegen zwischen die Tulpen gelegt, damit du dort nicht kannst, wenn du mußt.«

Stoffele schaute einem Schmetterling nach und bewegte sein Schwanzende heftig hin und her.

»Ein Beet ist ein Beet und kein Katerklo!«

Stoffele legte ein Ohr nach hinten.

»Mir stinkt's!« sagte er.

»Mir auch«, sagte ich, »wenn ich mit der Schaufel hinter dir herlaufen muß. Das wollte ich dir schon immer mal gesagt haben.«

»Ich kann's ja nicht durch die Rippen schwitzen«, sagte Stoffele erbost.

»Ein anständiger Kater geht, wenn er muß, auf die Wiese. Oder auf den Acker. Du hast es nicht weit.«

»Ich mag keine gefüllten Margeriten!«

»Aber ich!«

»Die Brekkies, die du mir hingestellt hast, riechen arg nach Fisch.«

»Das kommt daher, daß Fisch drin ist.«

»Ich mag aber keinen Fisch!«

»Seit wann denn?«

»Seit eben.«

Ich band die Knöterichranken an das hölzerne Scherengitter.

»Fliegen mag ich auch keine«, verkündete Stoffele.

»Du mußt sie ja nicht fressen.«

»Wenn sie aber doch in meiner Milch rumschwimmen«, sagte Stoffele. »Lauter versoffene Fliegen. Mindestens tausend. Und gestern hat sich der rote August von nebenan in mein Körbchen gelegt. In *mein* Körbchen!«

»Brüll nicht so. Ich bin nicht taub.«

»Und du hast ihn auch noch gestreichelt. Ich hab's genau gesehn.«

»Das ist ein höflicher, lieber Kater. Sein Frauchen streichelt dich ja auch.«

»Ich zieh aus!« erklärte Stoffele. »Irgendwohin, wo man nicht ständig an mir rummeckert und mir keine Steine in den Weg legt.« Und schritt erhobenen Hauptes von dannen.

»Was ist denn mit Ihrem Kater los?« fragte Frau Hug, die Eierfrau. »Rennt an mir vorbei, Ohren nach hinten, und guckt mich nicht an. Wo er doch sonst immer unserem Mozart seine Milch wegschlabbert!«

»Das eine Fräulein Schmidt vom Einkaufsparadies Schmidt in Höchenschwand«, sagte Frau Kunzelmann, »wo ich den Haushalt mache, hat einen schwarzen Kater gesehen und läßt Sie fragen, ob das Ihrer sei. Wenn nicht, würde sie ihn gern behalten und dem anderen Fräulein Schmidt schenken, die ihre Schwester ist, weil die schon mal einen gehabt hat, der leider abgehauen ist aus dem Paradies, wegen einer weißen Katze.«

»Die Gabi von Amrigschwand aus der ersten Klasse hat heute im Unterricht von einem schwarzen Märchenprinzen mit herrlichem Schnurrbart erzählt«, teilte mir unser freundlicher Lehrer mit, als wir uns beim Spazierengehen trafen. Das heißt, ich ging gemütlich, er rannte hinter seinem Hund her. »Ist Ihr Kasperle wieder da?«

»Nein«, sagte ich. »Und mein Kasperle ist ein Teufel und heißt Stoffele.«

»Drum«, sagte der Lehrer und wollte noch wissen, wie ich mit der Häckselmaschine zurechtkäme, die er mir geliehen hatte.

»Prima«, sagte ich. »Ich werfe alles hinein, was mir zwischen die Finger kommt, und häcksle alles klein. Das kommt dann auf den Komposthaufen.«

Erst guckte er ein bißchen komisch, aber dann fragte er, ob er mir die Aufsätze bringen könne, die seine Schüler letzte Woche geschrieben hatten. »Für Ihren Misthaufen!« sagte er, und: »Ich muß weiter, Balu ist wieder mal abgehauen, nach Unterweschnegg, zu Nägeles Asta. So ein Hund hält einen ganz schön in Trab, was wenigstens gut für die Figur ist. Für meine, mein ich.«

In der Blumenschale auf der obersten Treppenstufe saß jemand und wartete, bis die Haustür aufging.

»Eigentlich ist das die Stiefmütterchenschale«, sagte ich.

»Sehr hübsch, die Stiefmütterchen«, meinte Stoffele.

»Wenn sie drin sind, schon«, sagte ich. »Im Augenblick sitzt jemand anders darin.«

»Ich bin nur zu Besuch«, sagte Stoffele.

»Verstehe. Wo wohnst du jetzt?«

»Überall. Ich liebe das freie wilde Leben.«

»Ich auch. Aber von drinnen.«

»Jetzt merk ich erst, wie sehr ich das bei dir vermißt hab. Ich bin nämlich der geborene Abenteurerkater.«

»Das hab ich mir schon immer gedacht. Vor allem, wenn du dich – selbstverständlich nur zur Tarnung – auf der Heizung herumgefläzt hast.«

»Ich schlafe nun unter freiem Himmel«, sagte Stoffele. »So was härtet enorm ab.«

»Bravo! Ich schalte nachts immer noch die Heizdecke an. Hast du Hunger?«

»Seit zwei Tagen faste ich. Das stärkt die Widerstandskräfte. Gegen alles. Wenn ich da an den verweichlichten Brekkieskater von nebenan denke – ph!«

»So eine Fastenkur«, stimmte ich zu, »soll sehr gesund sein.«

»Woher weißt du das?« fragte Stoffele.

»Ich will schon lange eine machen. Aber irgendwas hält mich immer davon ab. Vermutlich sind es die Laugenweckle vom Bäcker.«

»Gestern war ein Mordsgewitter«, sagte Stoffele.

»Ich weiß. Ich hab dich die ganze Zeit vor mir gesehen, pitschnaß und verfroren. Immer wieder hab ich unter die Truhe geschaut.«

»Wieso Truhe?«

»Da liegst du doch sonst, wenn's donnert. Aber du warst natürlich nicht da. Du hast sicher das Gewitter genossen.«

»Und wie!« sagte Stoffele und nieste. Siebenmal.

»Kommst du mal wieder vorbei? Dann würde ich dir eine Kleinigkeit zum Essen richten. Man soll es auch nicht übertreiben mit der Fasterei. Sonst könnte es passieren, daß man in den Spiegel guckt und niemanden mehr darin sieht.«

»'s wär schad um mich«, sagte Stoffele bedrückt.

Ich nickte. »Ein Verlust für Oberweschnegg und den Rest der Welt.«

Er sah das auch so. »Ich kann ja gleich bleiben. Das ist praktischer. Dann muß ich nicht erst noch mal kommen.«

»Da hast du recht«, sagte ich. »Daß mir das nicht gleich eingefallen ist!«

»Wenn ich mal wieder muß«, sagte Stoffele, »geh ich einfach rüber zu Nachbars. Dann denken die, ihr August war's.«

»So wollen wir's halten«, sagte ich.

Und so hielten wir's dann auch.

Der Schneck muß weg

in Schneck?« fragte ich. »Wo?«

»Er sitzt im Salatbeet«, sagte Stoffele.

»Grüß ihn schön von mir, und er soll machen, daß er fortkommt.«

Stoffele rannte mit der freundlichen Botschaft in den Garten.

»Na?« fragte ich, als er zurückkam. »Ist er weg, der Schneck?«

»Er läßt dich herzlich grüßen, und er denkt nicht dran. Der Salat sei prima, hat er gesagt.«

»Das geht aber nicht. Der Salat ist für mich und nicht für ihn. Wenn er nicht freiwillig abzieht, werde ich ihm helfen. Sag ihm das.«

Stoffele teilte es dem Schneck mit.

»Und?« fragte ich.

»Er meint, du brauchst ihm nicht zu helfen. Weil er ja gar nicht fort will. Er hat noch einiges vor, hat er gesagt. Jetzt sitzt er am nächsten Kopf.«

»Teil dem unverschämten verfressenen Kerl mit, jetzt kann er was erleben. Jetzt streu ich Schneckenkorn. Morgen sitzt er vor seiner Leiche.«

Stoffele sauste hinaus und bald wieder herein. »Er war sauer, der Schneck. Und er hat gesagt, das will er nicht hoffen. Schneckenkorn ist hochgiftig. Ein anständiger Mensch tut so was einem anständigen Schneck nicht an.«

»Da hat er recht«, mußte ich zugeben. »In meinen Garten kommt kein Gift. Ich werde ihn ersäufen. Das ist viel gesünder. Ich stelle ihm eine Bierfalle. Darauf fällt er rein und hinein.«

»Ich sag's ihm.«

Stoffele hin. Stoffele zurück.

»Und? Ist er jetzt weg?«

»Er mag kein Bier. In Bier fällt er grundsätzlich nicht hinein. Weil er ja nicht blöd ist, hat er gesagt.«

Ich dachte nach.

»Sag ihm, heut nacht komm ich. Mit Schaufel und Eimer. Und eh er's gedacht, ist er im Eimer. Deckel drauf und morgen früh ab in den Wald. Dann hat er drei Kilometer Fußmarsch, bis er wieder da ist.«

»Er sagt, er ist ein alter Wanderschneck«, verkündete Stoffele kurz darauf. »Für einen Salat wie deinen geht er noch Meilen weiter.«

»Gut«, sagte ich entschlossen. »Wer nicht hören will, muß fühlen. Gleich komm ich mit der Gartenschere und schneide ihn mittendurch. Dann kann er sehen, wie er sich wieder zusammenkriegt. Würdest du ihm das freundlicherweise mitteilen?«

Stoffele teilte es ihm mit.

»Na?«

»Er hat gesagt, es gibt ja Gott sei Dank noch den Tierschutzverein. Und so was muß man sich nicht gefallen lassen. Was machst du jetzt?«

»Ha! Ich hab's! Jetzt kauf ich einen Schneckenzaun. Einen, der elektrisch geladen ist. Der wird hüpfen, wenn er drankommt.«

Stoffele war schon weg und gleich wieder da.

»Da muß er sich aber sehr wundern, hat er gesagt. Denn vor Strom hättest du noch viel mehr Angst als alle Schnecken in Oberweschnegg. Stimmt das?«

»Leider«, gab ich zu. »Dann nehm ich halt den Schneckenzaun ohne Strom. Der ist ziemlich hoch. Und oben ist der Rand umgebogen, da kommt kein Schneck drüber.«

»Bin schon weg«, sagte Stoffele.

Und dann: »Er hat gesagt, das schafft er leicht. Es wär nicht der erste Zaun. Und, weißt du, er sieht ziemlich sportlich aus, der Schneck.«

»Dann kommt er in den Kochtopf.«

»Ich renn schon«, sagte Stoffele. »Aber das sag ich dir: Ich bleib bei meiner Büchse und bei meinen Brekkies. Der ist mir zu quatschig, der Schneck.«

»Mir eigentlich auch«, gab ich zu. »Aber was soll ich denn tun? Er oder ich. Einer muß weichen.«

Stoffele teilte dem Schneck mit, daß einer von uns weichen müsse.

»Was hat er gesagt, der Schneck?«

»Er will mal nicht so sein, hat er gesagt.«

»Er geht? Freiwillig?«

»So kann man das nicht sagen.«

»Wie denn?«

»Er will sich friedlich mit dir einigen. Weil er ein Paz ist.«

»Ein Paz? Der Schneck?«

»Hat er gesagt. Oder so was Ähnliches. Nicht für Gewalt und so. Und du sollst es mal mit dieser besonders zarten Salatsorte probieren, die der Nachbar schon hat, aber er, der Schneck, hat nichts davon, weil der Nachbar empörendes Schneckenkorn gelegt hat. Und du sollst ein bißchen Mist ins Beet tun, das verfeinert den Geschmack. Und den Sonnenschirm aufstellen, weil er lieber im Schatten frißt. Und mehr gießen. Und er hat Familie, die bringt er morgen mit. Und du sollst kein solches Gedöns machen, er als Schneck will auch was haben vom Leben. Er hat nämlich gar nichts dagegen, wenn du hier wohnen bleibst. Einer muß ja den Salat für ihn pflanzen.«

Ich ging hinaus, entknäuelte den Gartenschlauch, um den Salat zu gießen.

Stoffele sah mich frohgemut an. »Was soll ich ihm sagen, dem Schneck?«

»Sag ihm, daß ich mich ganz herzlich für sein Verständnis bedanke.«

Stoffele lief hin, lief zurück.

»Keine Ursache, hat er gesagt. Und er glaubt, daß er gut mit dir auskommen wird.«

»Da bin ich aber froh. Sag ihm, ich wünsch ihm einen recht guten Appetit.«

Eine schöne Liebesgeschichte

ach Geschichten ist Stoffele geradezu süchtig. Er will immer mehr.

»Was fängst du denn mit ihnen an? Du hast doch schon einen ganzen Sack voll.«

»Ich erzähl sie weiter. Die andern sind ganz wild drauf.«

»Welche andern?«

»Barri, der Hund von unserer Eierfrau. Und der rote August von gegenüber, der immer meine Brekkies klaut. Und die Mäuse, die im Kompost sitzen, weil es da so schön warm drin ist.«

»Statt den Mäusen etwas zu erzählen, solltest du sie lieber fangen und fressen«, sagte ich.

»Seine Freunde frißt man nicht.« Stoffele legte die Ohren nach hinten. »Oder würdest du mich fressen, mich, deinen lieben Stoffele?«

»Ich mach doch nur Spaß«, beruhigte ich ihn.

Stoffele ist nämlich ein vegetarischer Kater, jedenfalls was Vögel und Mäuse angeht, die er persönlich kennt.

»Erzähl schon«, sagte er. »Heut abend kommen

alle. Ich hab's ihnen versprochen. Bei meinem Schnurrbart.«

»Mir fällt aber nix ein«, sagte ich. »Nur, daß heute ein ungerader Tag ist. An ungeraden Tagen bist du dran mit Erzählen, so haben wir's ausgemacht.«

»Wann denn?«

»Gerade eben. Ich warte.« Ich sah hinüber zum Schaukelstuhl, der am Fenster stand. »Darf ich?«

»Du darfst.«

Ich setzte mich hinein, Stoffele sprang auf meinen Schoß, ruckelte sich zurecht und begann: »Vom Esel. Die Geschichte handelt nämlich von einem Esel, weil der hauptpersönlich im Mittelpunkt steht.«

»Was du nicht sagst! Weiter!«

»Dieser Esel hatte ein Herz. Und dieses Herz hatte er verloren. Das heißt, er hatte es verschenkt. Einer Katze. Einer kleinen, feinen Katze mit besonders hübschen feinen kleinen Ohren. Zwei Stück Ohren.«

»Und dann?«

»Und weil der Esel die Katze so verehrte, lernte er sogar ihre Sprache und sagte immer nur ›miau!‹. Manchmal auch ›miau, miau!‹. Oder sogar ›miau, miau, miau!‹ Mit viel zittriger Sehnsucht in der Stimme. Und seine Ohren, von denen er auch zwei Stück hatte, aber lang und dünn, hingen traurig herab und seuf – und seufz – und seufzten, was ein sehr schwieriges Wort für so ein Ohr ist.«

»Meine können nicht seufzen.«

»Wenn man sein Herz verloren oder verschenkt hat, kann man mit allem seufzen«, sagte Stoffele ernst. »Als ich damals – also diese weiße Katze vom Pfarrer – da hat sogar mein Schwanz geseu – geseuf –«

»Geseufzt. Und wie geht's nun weiter nach dem Geseufze?«

»Also die Katze, ich meine, die kleine, feine –«

»Mit den zwei hübschen Ohren –«

»Legte ihren Schwanz schön um sich herum und sagte mit zarter Stimme: ›Ohne Schnurrbart läuft gar nix. Miau! Außerdem geht's nicht ohne Mond.‹

›Sichel, halb oder voll?‹

›Natürlich voll. Und mit Vollmond nur vier Wochen lang. Miau, miau, miau!‹

›Es gibt Länder‹, sagte der Esel, ›da kriegt man schon für ein paar Hammel oder einige Kamele eine Frau.‹

Die Katze bestand auf dem Mond.

›Aber warum?‹ fragte der Esel verwirrt.

›Weil er mir, als Katze, zusteht.‹

›Was machst du damit, wenn ich ihn dir bringe?‹

›Kullern.‹

Sie rollte sich vor ihm hin und her.

›Bei Vollmond vier lange Wochen.‹

Ihr Bauch war schön weiß und weich.

›Ehrenwort?‹ fragte der Esel.

›Ehrenwort!‹ sagte die Katze und streckte alle viere von sich.

Da breitete der Esel seine Ohrenflügel aus, flog schnurstracks zum Mond, sagte: ›Entschuldige bitte, es ist nur für einen kleinen Monat und für eine kleine, feine Katze‹, klemmte sich den Mond zwischen die Vorderfüße und flog rückwärts.«

»Zurück«, sagte ich. »Nicht rückwärts.«

Stoffele sah mich schräg an. »Sei nicht so pingelig. Dann war er wieder da, legte der Katze den Mond zu Pfoten und sagte: ›Bitte sehr! Schön gelb der Mond, und schön voll, was? Aber wie komm ich jetzt zu einem Schnurrbart?‹

Da war die Katze ganz gerührt und sagte: ›Mit Mond geht es auch ohne Schnurrbart. Miau!‹

Und sie wurden ein Paar mit zusammen vier Ohren, zwei kurz, zwei lang, sie kullerten sich den Mond gegenseitig zu, und sie sangen miteinander wundervolle Lieder. Vorwärts und zurück.«

»Rückwärts«, sagte ich.

Stoffele peitschte ein bißchen mit dem Schwanz und fuhr fort: »Nach vier Wochen war's genug. Der Esel brachte den Mond wieder hinauf. Die Katze suchte sich einen anderen Esel, und der erste Esel verliebte sich in eine kleine zarte frischgrüne Birke.«

»Frischgrün klingt sehr hübsch«, sagte ich. »Ist das die Birke hinterm Haus?«

»Genau die. Und der Esel stand immer neben der Birke und rieb sein Fell an ihrer Rinde, wegen der Liebe und wegen der Flöhe. Die Birke rauschte mit ihren grünfrischen –«

»Frischgrünen –«

»Also mit ihren Blättern rauschte sie, und er rauschte mit seinen Ohren, und so führten sie ein wundervolles Konzert für hunderttausend Birkenblätter und zwei Eselsohren auf. Die beiden waren sehr, sehr glücklich. Und wenn sie nicht gestorben sind, dann rauschen sie heute noch.«

»Endlich mal eine Liebesgeschichte, die gut ausgeht«, sagte ich dankbar. »Was die meisten heutigen Dichter sich hinter die Dichterohren und auf ihre Dichterblätter schreiben sollten.«

»Warum mögen die keine guten Liebesausgänge?« fragte Stoffele.

»Weil sie so was langweilig finden. Und unzeitgemäß. Weil sie lieber leiden. Das macht ihnen mehr Spaß.«

Stoffele schüttelte fassungslos den Kopf. »Haben heutige Dichter es nicht gern, wenn sich eine feine weiße Katze mit einem weichen Bauch vor ihnen hin- und herrollt?«

»Schon. Aber die Rollerei ist selbstverständlich immer nur der Anfang vom bitterbösen Ende.«

»Hören heutige Dichterohren es nicht gern, wenn man als Kater – oder Esel – ein schönes

145

Liebeslied singt? Oder wenn man es – als Birke –
rauscht?«

»Nur, wenn das Lied in Moll steht.«

»Das kommt davon«, sagte Stoffele düster und
überlegen zugleich.

»Was kommt wovon?«

»Daß sie nicht schnurren können, diese Ohren-
dichter. Daß sie nicht Müffchen machen können.
Daß sie keine runde Kugel aus sich machen können. Sonst würden sie glückliche Liebesausgänge
auf ihre Blätter schreiben. Arm sind sie dran!«

Soviel zu den heutigen, arm dranseienden Dichterohren und Ohrendichtern.

Stoffeles Verwandlungen

enn ich ein Elefant wär und mit dem Rüssel rumschlenkern tät, wie wär denn das?« fragte Stoffele.

»Dann wärst du mir zu groß«, sagte ich. »Du würdest nicht mehr in dein Körbchen passen. Und den ganzen Garten zertrampeln. Trompete mag ich auch nicht.«

»Und ein Mammut?«

»Geht nicht. Mammuts sind ausgestorben, vor vielen tausend Jahren. Das hab ich dir doch mal erzählt. Man kann nur sein, was es auch gibt. Außerdem sind meine Wintersachen noch im Schrank auf dem Speicher, und die brauch ich dann. Es wär hier nämlich saumäßig kalt, wenn du ein Mammut wärst. Schon darum ist es mir lieber, du bist keins.«

»Warum saumäßig kalt?«

»Weil zu einem anständigen Mammut eine Eiszeit gehört.«

»Ich mein doch, warum hast du ›saumäßig kalt‹ gesagt?«

»Weil das so kalt ist, daß sogar eine Sau friert.«

»Wenn es so kalt ist«, sagte Stoffele, »steht eine kluge Sau im Stall. Im Saustall. Und da drin ist es warm. Du schwindelst. Also: Warum sagt man ›saumäßig kalt‹?«

»Weil das Wörtchen ›sau‹ bedeutet, daß etwas ganz arg ist. Ganz schlimm. Saumäßig kalt ist arg kalt. Eine ganz furchtbare Kälte. Kapiert?«

»Heut mittag, als du eine frische Büchse aufgemacht hast, hast du aber zu mir gesagt, das sei saumäßig gut. So einen Fraß stellst du mir hin, mir, deinem lieben Stoffele!« Er legte die Ohren flach an und drehte sich weg.

»In diesem Fall bedeutete das: Was in der Büchse drin ist, schmeckt ganz toll. Großartig. Wunderbar. Am liebsten hätt ich mitgegessen, wenn ich für mich nicht leider Pfannkuchen gebakken hätte.«

»Da soll sich einer auskennen!« Stoffele schüttelte den Kopf. »Soll ich ein Gorilla werden?«

»Find ich nicht so gut.«

»Aber ich. Wenn ich ein Gorilla wär, tät ich mir auf die Brust trommeln und schrecklich brüllen und mit den Augen rollen. Schau mal, so!«

»Ich will meine Ruhe haben. Und rollen kannst du den Ball dort. Werd etwas anderes. Am besten was Leises. Ein Regenwurm. Regenwürmer sind nützliche, in jedem Garten gern gesehene Gäste, außerdem Selbstversorger sowie Einennichtausdemschlafbrüller.«

»Gestern hast du mit dem Spaten einen durch-gehauen.«

»Das tut einem Regenwurm überhaupt nicht weh. Im Gegenteil, das genießt er richtig. Und außerdem wärst du dann zwei. Ich könnte auch vier aus dir machen. Na?«

Stoffele dachte nach. »Ich will mich aber beiein-ander haben«, sagte er dann. »Ich glaub, ich werd ein Rotkehlchen.«

»Das würde ich dir nicht raten.«

»Warum nicht?«

»Dann kommt Stoffele, mein Kater, geschlichen und frißt dich. Happs, bist du weg.«

Stoffele kam ins Grübeln.

»Aber Stoffele, das bin doch ich«, sagte er. »Oder bin ich dann das Rotkehlchen? Oder beide?«

»Weiß ich nicht. Ein schwieriger Fall.«

»Meinst du, ich kann mich selber fressen?«

»Eigentlich nicht. Aber der rote Kater vom Nachbarn könnte es tun. Der hat neulich schon mal fast ein Rotkehlchen erwischt.«

»Ha!« sagte Stoffele. »Mich kriegt der nie. Der ist doch viel zu fett.«

»Dich vielleicht nicht, ich meine, dich als Stof-fele. Aber wenn du ein Rotkehlchen bist, kriegt er dich schon. Er schleicht sich an und macht einen Satz, und dann bist du die längste Zeit ein Rotkehl-chen gewesen.«

»Aber wer bin ich denn jetzt?« maunzte Stoffele. »Sag doch! Ich bin ja ganz durcheinander! Bin ich Stoffele oder bin ich ein Rotkehlchen?«

»Keine Ahnung«, sagte ich gemein. »Laß mich mal in den Schaukelstuhl, vielleicht fällt es mir dann ein. Du hast ja dein Körbchen. Da paßt du gerade hinein. Vermutlich bist du doch Stoffele, mein Kater. Aber genau weiß ich es auch nicht. Sing mal! Als Rotkehlchen müßtest du wunderbar singen können.«

»Ich glaub doch, daß ich ich bin«, sagte Stoffele entschlossen. »Und jetzt besuch ich Mozart, den Kater von Frau Hug. Ich sag ihm, daß ich ein Gorilla bin. Der ist so blöd, der glaubt das glatt.«

Er sprang zum Fenster hinaus und zog ab. Zu Mozart.

Bitterer Lorbeer

fingsten, das liebliche Fest, war gekommen«, sagte ich. Wir saßen am Fenster. Ich drinnen, im Schaukelstuhl, er draußen auf dem Fensterbrett.

»Wieso?« fragte Stoffele. »Das kommt doch erst.«

»Stimmt. Morgen. Heut ist ja erst Samstag. Aber mein Großvater hat das immer gesagt, an Pfingsten. Und das ist mir gerade eingefallen.«

»Wieso hat dein Großvater das gesagt?«

»Weil es ihm auch immer an Pfingsten eingefallen ist. Wahrscheinlich hat es ihm sein Großvater auch immer gesagt.«

»Vielleicht wird's morgen aber gar nicht lieblich. Vielleicht kommt ein Sauwetter, und es hagelt auf deine Geranien.«

»Das mit dem ›lieblich‹ ist ja nicht von mir«, sagte ich. »Und nicht von meinen Großvätern. Es ist nicht auf unserem Familienmist gewachsen. Es steht in ›Reineke Fuchs‹.«

»Meinst du den im Wald hinter Attlisberg? Den Kerl kenn ich. Ganz rot ist der. Letztes Jahr hat er eine von Eckerts Gänsen abgemurkst.«

»Nein. Ich mein den ›Reineke Fuchs‹ von Goethe. Hier steht er im Bücherschrank.«

Ich zeigte ihm Goethe. Aber nur den halben, aus Gips.

»Warum hat der Gemüse auf dem Kopf?«

»Das ist kein Gemüse, das ist ein Lorbeerkranz. Den kriegen nur berühmte Leute. Goethe hat alles bedichtet, was ihm unter die Finger, vor die Füße und in den Sinn kam.«

»Auch Kater?«

»Das weniger. Aber immerhin den Teufel, der in einen schwarzen Pudel gefahren ist und genauso heißt wie –«

Stoffele schlenkerte verächtlich die Pfote. »Wenn er einen Fuchs hat, kann er kein guter Dichter sein. Alle besseren Dichter haben einen Kater.«

»Der hatte keinen Fuchs, der Goethe. Er hat nur ein ganz langes Gedicht geschrieben, in dem kommt einer vor. Und der heißt Reineke.«

»Aha«, sagte Stoffele. »Und dieser komische Reineke, der hat also gesagt, daß Pfingsten ein liebliches Fest ist?«

»Eigentlich hat es nicht der Fuchs gesagt, sondern der Goethe«, sagte ich. »Und du gehst mir allmählich auf den Wecker.«

Stoffele war beleidigt. »In deinem Kopf ist ein richtiges Kuddelmuddel.«

»Stoffele«, sagte ich, »der Goethe hat es sich halt so ausgedacht. Ein schönes warmes Pfingstfest mit

Vöglein und Blümlein und Bienlein. Wie Dichter nun mal sind.«

»Weil er nicht wollte, daß es ihm auch seine Geranien verhagelt, wie dir morgen vielleicht deine, was?« sagte Stoffele. »Wie geht's weiter in dem Gedicht?«

»Goethe erzählt von den Tieren, wie sie sich versammeln und über den Fuchs beschweren.«

»Interessant«, sagte Stoffele. »Der Reineke hat wohl auch eine Gans gestohlen, wie der Fuchs aus Attlisberg.«

»Frag Goethe«, schlug ich vor. »Der muß es schließlich wissen.«

»Wo find ich den?« fragte Stoffele kühl.

»Auf dem Olymp. Das ist ein berühmter Berg, auf dem alle großen Dichter sitzen.«

»Warum sitzen die dort?«

»Damit man sie besser sehen kann.«

Stoffele sprang vom Fensterbrett in den Garten.

»Und wo ist der O – der Dichtersitzberg?«

»Im Land der Griechen«, sagte ich und sah meinem Kater nach, wie er hinter den Bäumen verschwand.

»Du warst ganz oben?« fragte ich ungläubig. »Auf dem Olymp?«

»Klar«, sagte Stoffele. »Und dann hab ich hinuntergeguckt. Sehr schöne Gegend.«

»Du hast das Meer gesehen? Den blauen Himmel? Die Olivenbäume und die Schafherden? Die alten Tempel?«

»Ich hab«, sagte mein Kater, »den alten Traktor vom Bauer Gassner gesehen und Herrn Öhler, wie er sein Bienenhaus repariert hat, und die Nora, wie sie mit ihrem neuen Ball im Maul herumgerannt ist, und Valerie in ihrem grünen Auto. Der Goethe hat auch ganz begeistert geguckt.«

»Kann ich mir denken. Der hatte schon immer was übrig für hübsche Frauen.«

»Ich mein, Oberweschnegg hat ihm gefallen.«

»Der kann vom Olymp aus unser Oberweschnegg sehen?«

»Er sitzt gar nicht auf dem Olymp. Er sitzt auf dem Buckel neben der Birke hinterm Wald, rechts neben der Wiese, wo die vielen Maulwurfshügel sind.«

»So was«, sagte ich. »Und was macht er da, der Goethe?«

»Er dichtet. Sonst kann er ja nix.«

»Was dichtet er denn?«

Stoffeles Augen leuchteten. »Was ganz Tolles. Er hat es mir erzählt. Eine hochinteressante Geschichte. Mit einem schwarzen Kater drin, was du natürlich nicht gewußt hast.«

»Stoffele«, sagte ich, »jetzt schwindelst du. Ich kenne meinen Goethe. In Deutsch war ich immer ordentlich. Ein schwarzer Kater kommt bei ihm nicht vor. Höchstens der schwarze Pudel, den ich erwähnt hab.«

Stoffele war empört.

»Ha! Und wie der Kater drin vorkommt! Weißt du was? Ich vermute schwer, er hat dabei an mich gedacht, der Goethe. Weil der Kater heißt wie ich. Mephistopheles.«

»Stoffele«, sagte ich, »der Goethe meint doch Mephistopheles, den Teufel. Das ist der, nach dem dieser nackelige, wabbelige Pfarrer in Sankt Blasien dich getauft hat.«

»Miau!« Stoffele rollte die Augen. »Du hast ja keine Ahnung vom Goethe. Natürlich bin ich gemeint. Es wär mir lieber, du würdest mich auch so nennen, nicht immer Stoffele. Er ist furchtbar klug, dieser Mephistopheles. Hat Funkelaugen und kann alles, auch fliegen und zaubern und so. Prima Dichter, der Goethe. Ich hab ihn auch tüchtig gelobt. Dann hat er mir was geschenkt.«

»Was denn?«

»Ein Blatt von dem grünen Zeugs, das er um den Kopf herumgewickelt hat.«

»Ein Blatt von Goethes Lorbeerkranz? Zeig her!«

»Hat aber nicht gut geschmeckt. So bitter. Ich glaub, ich krieg Bauchweh.«

»Das kommt davon, wenn man ein Lorbeerblatt frißt, das man vom größten deutschen Dichter geschenkt bekommen hat. Oh, wenn du es mir nur mitgebracht hättest.«

»Er läßt dich schön grüßen«, sagte Stoffele matt.

»Vielen Dank«, sagte ich geschmeichelt. »Vielleicht kennt er unsere Stoffelegeschichten, und sie gefallen ihm. Ein Goethe weiß natürlich, was große Literatur ist.«

»Nicht der Goethe«, sagte Stoffele. »Der Reineke läßt dich grüßen. Der Fuchs. Den hab ich auch gesehen. Er war hinter der Paula her, der Ente von unserer Eierfrau. Aber ich hab ihm gesagt, das geht nicht, die Paula wird nicht gefressen, die steht unter meinem Schutz. Und dem Ludwig, also ihrem Mann, wär das auch nicht recht. Da hat er gesagt, er ist ja nur ein gedichteter Fuchs. Und die fressen richtige Enten nur so zum Spaß. Nicht im Ernst. Oh, ist mir schlecht! Von mir aus kann's morgen regnen. Ich bleib in meinem Körbchen. Soll es ihm doch seine Geranien verhageln, dem Goethe. Und seinen Lorbeer auch.«

»So ein Dichterlorbeer bekommt halt nicht jedem«, sagte ich und kochte meinem Kater Kamillentee.

Pause wegen Erlösung

ie lang hat es den Mund gehalten?« fragte Stoffele.

»Sechs Jahre.«

»Hat nix gesagt?«

»Kein Wort.«

»Nicht einmal miau?«

»Nein. Es war ja keine Katze, sondern ein armes, schönes Mädchen, das seine sechs Brüder erlösen wollte, die eine böse Hexe in Schwäne verwandelt hatte, weshalb das Märchen auch ›Die sieben Schwäne‹ heißt.«

»Sind das diese Enten, die mit ihrem langen Hals einen Buckel machen können?«.

Ich nickte.

»Und nach den sechs Jahren?«

»Waren die Schwäne erlöst und wieder schöne Jünglinge. Das Mädchen wurde Frau Königin. Und alles war gut.«

Stoffele legte die Pfote denkerhaft an die Stirn. »Also wenn man sehr lange den Mund hält, kann man jemand erlösen. Und dann kriegt man was. Einen König oder einen Schatz oder sonstwas Tolles, stimmt's?«

»Manchmal schon. Drum sagt ja das Sprichwort: Schweigen ist Gold.«

Stoffele rollte sich in seinem Körbchen zusammen und machte die Augen zu.

»Ob du noch ein bißchen warme Milch willst, hab ich gefragt«, brüllte ich.

Stoffele schwieg.

»Bist du taub?«

»Schrei nicht so«, sagte mein Kater. »Ich bin grad beim Erlösen. Ich schweige.«

»Entschuldige bitte. Das hab ich nicht gewußt. Wen erlöst du denn?«

»Barri. Den Hund von Frau Hug.«

»Dieses sabbernde Riesenvieh?«

»Vielleicht sabbert der nur, weil ihn keiner erlöst. Er heult aus dem Maul.«

»Und was, glaubst du, kommt dabei heraus, wenn du ihn erlöst?«

»Vielleicht eine kleine weiße Katze.«

»Daran hab ich meine Zweifel. Aber ich will dich nicht von einer guten Tat abhalten. Wie lange gedenkst du das Maul – die Schnauze – ich meine, den Mund zu halten? Sechs Jahre?«

»Erst mal bis heut abend. Vielleicht ist er dann schon erlöst. Die Milch bitte ein bißchen wärmer. Und nicht in die rote Schüssel, da sitzt eine Ameise drin. Lieber in die blaue.«

Stoffele schwieg und erlöste weiter.

»Ich glaub, bei Barri ist nix drin«, sagte ich nach dem Essen. »Ich hab ihn mir vorhin mal angesehen. Aus dem wird sicher nie eine kleine feine weiße Katze.«

»Wenn du meinst«, sagte Stoffele. »Dann erlös ich halt jemand anderen. Aber wen?«

»Keine Ahnung.« Ich dachte nach. »Im Wald bei Bannholz soll es eine Wildsau geben. Vielleicht ist die wild, weil eine böse Hex sie verzaubert hat, vermutlich dieselbe, die damals den Riesen beim ›Ries ärgere dich nicht!‹-Spiel in ein Ei hineinhexte.«

Eine Sau wollte Stoffele aber nicht erlösen.

»Wie wär's mit dem roten Kater von gegenüber?« schlug ich vor.

»Dann hab ich niemand, den ich verhauen kann«, sagte Stoffele entschieden. »Der bleibt, was er ist.«

»Meinst du, aus unserem Briefträger könnte was werden?«

»Lieber nicht. Wer bringt uns dann die Briefe, in denen die Leute immer fragen, wie's mir geht, und zehn Mark hineinlegen für eine bessere Fleischbüchse?«

»Da hast du auch wieder recht«, sagte ich. »Gar nicht so leicht, jemand zu finden. Warte mal – vielleicht könntest du Valerie von ihrem Computer erlösen? Damit die blaugeflügelte Elfe, die meinem Gefühl nach in ihr steckt, endlich in warmen Sommernächten auf der Wiese bei Tiefenhäusern im Mondlicht Walzer tanzen kann. Na?«

Doch auch für sommernächtliches Mondelfengeflügel konnte Stoffele sich nicht erwärmen.

»Warum guckst du mich so an?«

»Ich hab's«, sagte Stoffele. »Ich erlös einfach dich. Ist ja nichts Besseres da.«

»Mich? Du spinnst! Ich bin doch nicht verhext!«

»Kann man nie wissen. Vielleicht bist du darum manchmal so komisch. Wegen dem Verhextsein. Du wirst erlöst. Keine Widerrede! Ich fang gleich damit an.«

Ich verbrachte eine schlaflose Nacht.

»Stoffele«, sagte ich am anderen Morgen zu meinem Kater, »ich protestiere gegen meine Erlösung.«

Er sah mich unerbittlich an. »Halt den Mund. Ich halt ihn ja auch. Dir zulieb. Du wirst erlöst. Das scheint mir dringend nötig.«

»Wie lang soll es gehen?«

»Bis du erlöst bist. Du hast ja keine Ahnung, wie ausdauernd ich sein kann. Willst du noch irgendwas wissen? Gleich schweig ich weiter.«

Ich wollte nichts mehr wissen.

»Stoffele«, sagte ich einen Tag später listig, »wenn du mich weiter erlöst, kann das schrecklich enden.«

Stoffele sah mich mißtrauisch an.

»Du weißt ja gar nicht, was dabei herauskommt. Ich meine, bei mir.«

»Bestimmt eine kleine feine weiße Katze.«

»Bestimmt nicht. Fein liegt mir weniger. Ich hab eher das Gefühl, in mir steckt ein Krokodil. Immer wenn ich heule, fällt mir auf, daß meine Tränen so groß sind. Richtige Krokodilstränen.«

Stoffele machte sich in seinem Körbchen klein.

»Oder ein Grizzly-Bär. Zwei Meter groß, graues Fell, schreckliche Krallen. Ich war als Kind schon so brummig.«

Stoffele legte die Ohren zurück.

»Oder so was wie der Hund von Baskerville. Der mit den glühenden Augen und dem grün-leuchtenden Fell. Wir haben doch neulich den Film gesehen. Weißt du noch, wie du unter die Truhe gekrochen bist?«

Stoffeles Schwanz zitterte.

»Schlafende Hunde soll man nicht wecken«, sagte ich. »Wer weiß schon, was in dem andern drinsteckt. Laß doch die Erlöserei!«

»Ein Kater wie ich geht nicht rückwärts«, sagte Stoffele tapfer. »Ich tu es doch für dich. Und für die kleine feine weiße Katze in dir. Beim Erlösen kommt bestimmt was Gutes heraus. Ich schweige weiter. Ich hab den Eindruck, du hast schon viel mehr weiße Haare als gestern. Es wird schon werden. Du mußt mir nur vertrauen.«

Stoffele erlöst weiter. Natürlich macht er regel-
mäßig eine Eßpause und sein gewohntes Nickerchen. Ich sitze neben seinem Körbchen und kraule
ihn hinter den Ohren. Wir führen keine Gespräche
mehr miteinander. Es gibt eine Zeit des Redens
und eine Zeit des Schweigens. Das Schweigen tut
uns gut. Ich lasse meine Gedanken herumspazieren und schaue ihnen dabei zu.

Vielleicht hat Stoffele recht. Vielleicht steckt
wirklich etwas oder jemand in mir, von dem ich
nichts weiß. Mal sehen. Vielleicht überlegt Stoffele
sich aber auch, wer ihm sein Milchschüsselchen
füllen wird, wenn ich mein menschliches Dasein
mit dem einer kleinen weißen Katze vertauschen
sollte. Ich bin sicher, daß er meine Erlösung dann
noch etwas hinausschiebt. Warten wir's ab. In aller
Ruh.

Warnung vor dem Kater!

u stehst in der ›Badischen Zeitung‹«, sagte ich zu Stoffele.

»Ich steh auf der Zeitung«, sagte Stoffele. »Weil die unter meiner Milchschüssel liegt. Und die ist leer, weil nix mehr drin ist.«

»Die Zeitung hab ich daruntergelegt, weil du ein großer Sabberlatz bist und weil ich keine Lust hab, ständig hinter dir herzuputzen. Und in der Zeitung stehst du, weil ich wieder eine Stoffelegeschichte hingeschickt hab und weil sie die gedruckt haben.«

Stoffeles Schwanz ging steil nach oben.

»Rufen dann wieder Leute an und wollen wissen, wie's mir geht?« fragte er geschmeichelt. »Weißt du noch, wie mal einer eine Dose ›Lachshäppchen‹ für mich gespendet hat?«

»Brekkies tun's auch.«

»Welche Geschichte hast du diesmal –«

»Die, die du mir neulich erzählt hast. Vom verliebten Esel. Sie geht einem so richtig zu Herzen.«

»Miau!« sagte Stoffele. »Sie ist auch von mir. Du hast ja keine Phantasie, die zu Herzen gehen kann.

163

Mein Milchschüsselchen ist immer noch leer. Der Fleischteller auch.«

Ich las weiter in der Zeitung.

»Leerer geht's nicht«, sagte Stoffele. »Du guckst so sauer.«

»Weil die Zeitungsleute wieder eine Menge Fehler in unsere Geschichte hineingestreut haben.«

»Warum?« fragte Stoffele.

»Das passiert denen dauernd. Die gucken halt schlampig.«

»Vielleicht passiert ihnen das, weil ihre Milchschüsselchen und Fleischteller auch leer sind. Wie meine. Da weiß man halt nicht mehr, was man tut, so halb verhungert«, sagte Stoffele. »Was für Fehler machen sie denn?«

»Grauenhafte Fehler. Sie vergessen oft die Anführungszeichen, wenn einer von uns beiden etwas sagt. Sie verschlimmbessern immer wieder ein Wort, weil sie meinen, ich hätte es falsch geschrieben. Aus deinen Gluhaugen machen sie immer Glühaugen. Sie machen keine neuen Abschnitte, wenn ein neuer Abschnitt dran ist. Sie setzen ein Komma an die falsche Stelle.«

»Was tut es dann, das Komma?«

»Es sitzt da und heult«, sagte ich. »Und neulich haben sie statt ›Stoffele‹ etwas anderes geschrieben. Ich trau mich nicht zu sagen, was.«

»Sag's!« verlangte Stoffele.

»›Stoffel‹ ist dagestanden. Dreimal! Das hat bestimmt ein Nordlicht verbrochen.«

Stoffele erschauerte. »So geht's nicht weiter. Ich werde mich um die Sache kümmern. Aber zuerst muß ich mich stärken. Ein leerer Bauch kämpft nicht gern.«

Am Nachmittag war er wieder da. Er lag mitten im Rasen, das heißt inmitten von blühendem Löwenzahn. Das tut er gern, weil er ziemlich eitel ist und weiß, wie hübsch das aussieht: ein kohlrabenschwarzer Kater in leuchtendem Gelb. Geradezu heilig!

»Ich bin gar nicht eitel«, sagte Stoffele. »Ich gefall mir nur so gut, weil ich so wunderschön bin. Dir nicht?«

»Doch. Wie ist die Sache ausgegangen?«

»Welche Sache?«

»Die mit den Zeitungsleuten.«

Stoffele leckte sich die Tatzen. »Weggeputzt.«

Ich erschrak. »Du hast sie – alle? Ist kein einziger mehr –?«

»Kein Fitzelchen.«

»Aber das wäre doch nicht nötig gewesen.«

»Es hat mich überkommen«, sagte Stoffele. »Du weißt ja, wie schrecklich ich sein kann. Denk bloß an die Geschichte von der Bestie von Oberweschnegg.«

»Ich weiß«, sagte ich. »Aber man muß doch

nicht gleich eine ganze Zeitungsredaktion ausrotten. Das Nordlicht, das dir das ›e‹ hinten abgeschnitten hat, ja, dem gehört ein Denkzettel, aber doch nicht der ganzen Mannschaft! Wie hast du's denn gemacht?«

Stoffele setzte sich in Positur. »Also das war so: Ich nix wie hin. Stoß die Tür auf. Da ist die Treppe. Ich nehm vier Stufen auf einmal. Schmeiß mich gegen die nächste Tür. Holz splittert. Ich mitten im Zimmer, roll die Augen, sprüh Funken. Zieh die Dings hoch – die – wie sagt man dazu?«

»Lefzen.«

»Richtig. Die zieh ich hoch. Geifer tropft mir aus der Schnau – aus dem Maul – ich mein, Rachen. Da seh ich sie. Jammergestalten. Einer liegt unterm Tisch. Der andere hockt auf dem Schrank. Eine Frau im Papierkorb. Und einer sitzt im Uhrenkasten.«

»Ich hab bei denen noch nie einen Uhrenkasten gesehen.«

Stoffele funkelte mich an. »Sei nicht so pingelig! Ob sie nun einen haben oder nicht, jedenfalls saß einer drin. Ich kann auch aufhören mit Erzählen, wenn du dauernd rummeckerst.«

»Bitte weiter«, sagte ich.

»›Hierher!‹ brüll ich und deute mit der rechten Pfote – nein, Pranke – vor mich auf den Boden. ›Und Hände hoch!‹ Sie kriechen wimmernd aus ihren Verstecken. Dann stehn sie vor mir. Schlotternd. Käsbleich. Wie's Kätzle am Bauch. Wie die Mäuse, die ich zu fangen pflege.«

»Aber du hast mir noch nie eine Maus –«

»›Wer ist schuld an den grauenhaften Fehlern in meinen Geschichten?‹ fauch ich. Jeder zeigt auf den andern. Mit zitterndem Finger. Der letzte in der Reihe deutet auf diesen Kasten, in den du unsere Geschichten hineintust und aus dem du sie herausholst. Dieser Puter, oder wie das Ding heißt.«

»Computer«, sagte ich.

»Der Kerl stöhnt und rattert und knattert vor Angst. Feiger Knochen! Wie arme Würstchen stehn sie da.«

»Und dann hast du sie –«

Stoffele leckte sich Pfoten und Schnauze. »Zerfleischt und gefressen.«

»Alle?«

»Alle Würstchen. Es war gerade Vesperpause bei der Zeitung. Die Weckle hab ich ihnen gelassen. Weil sie mir so leid getan haben.«

»Die Weckle?«

»Die Leute von der Zeitung. Ganz verhungert haben die ausgesehen. Auf den Senf hab ich auch verzichtet. Senf mag ich nicht so.«

»Schade«, sagte ich. »Den Senf hättest du auch fressen sollen.«

»Warum?«

»Dann könnten sie jetzt keinen mehr verzapfen.

Aber wenn sie noch welchen haben, seh ich schwarz für unsere nächsten Geschichten.«

»Da werden die aber schwarz sehen«, sagte Stoffele. »Und zwar mich. Dann werd ich mich nicht mehr mit läppischen Würstchen aufhalten. Dann werd ich denen mal zeigen, wozu ein schwarzer Kater mit weißer Schwanzspitze fähig ist.«

»Wozu denn?« fragte ich.

»Es waren ziemlich dünne Würstchen. So was hält nicht lang vor. Hörst du, wie's donnert? Das ist mein Magen.«

»Dann komm mal rein. Ich hab da noch eine Büchse mit ›Fleischbällchen sehr fein‹. Ob dir die schmecken?«

»Jedenfalls besser, als mir diese Zeitungsfritzen geschmeckt hätten«, sagte Stoffele. »Her damit!«

Von Pol zu Pol

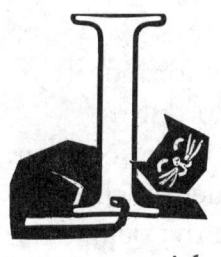ch schwitz!« jammerte Stoffele. Er lag im Schatten unter dem Goldregenbusch und hatte sich ganz lang gemacht.

»Bei dieser Hitze läuft man auch nicht im Pelzmantel herum«, sagte ich.

»Den krieg ich nicht ab. War keine so gute Idee vom lieben Gott. Der schwitzt bestimmt nicht.«

»Ich begieß dich ein bißchen«, schlug ich vor. »Mit der gelben oder der blauen Gießkanne?«

Stoffele sah mich vernichtend an.

»Soll ich dir frisches kühles Wasser holen?«

»Ich hab schon einen richtigen Wasserbauch. Ein ganzer See ist da drin.«

Tatsächlich. Es gluckerte in seinem Bäuchlein.

»Und wenn ich so viel sauf«, sagte Stoffele, »muß ich dauernd. Alles ist furchtbar anstrengend. Das Saufen, das Schwitzen, das Aufstehen, das Müssen und das sich Wiederhinlegen. Wegen dieser blöden Hitze.«

»Da kann ich dir auch nicht helfen«, sagte ich. »Hier ist der Schwarzwald, nicht der Nordpol. Dort hättest du's schön kalt.«

»Wo ist denn der, der Nordpol?« fragte Stoffele.

»Ganz oben. Das ist der Punkt, wo die Erdachse aus der Erdkugel rauskommt.«

»Wer kommt dort raus?«

»Ein dicker langer Stecken.«

»Und warum kommt der dort raus?«

»Damit man weiß, daß da der Nordpol ist.«

»Sehr praktisch. Wie find ich dorthin?«

»Von Oberweschnegg aus immer nach Norden. Gar nicht zu verfehlen. Es gibt auch noch einen Südpol. Dort kommt die Erdachse mit dem anderen Ende aus der Erde.«

»Ha«, sagte Stoffele. »Südpol. Kann mir schon denken, wie's dort ist. Noch viel heißer als hier. Die Hitze von Oberweschnegg reicht mir völlig.«

»Dort ist es genauso kalt wie am Nordpol«, sagte ich.

»Wenn's hier abgekühlt hat, komm ich zurück«, sagte Stoffele. »Auf zum Nordpol.«

Abends war er wieder da.

»Da hast du dich aber beeilt«, sagte ich. »Zum Nordpol ist es doch ein ganz nettes Stück.«

»Ich hab die Abkürzung über Amrigschwand genommen«, erklärte Stoffele.

»Und?« fragte ich. »Wie ist es so am Nordpol?«

»Schön frisch«, sagte Stoffele.

»Gab's Schnee?«

»A, B, C«, sang Stoffele, »der Kater lief im Schnee.«

»Gab's Eis?«

»Bergeweis«, sagte Stoffele.

»Hast du was erlebt?«

»Ich bin Stoffele. Ich erleb immer was. Die Abenteuer laufen mir bis zum Nordpol nach.«

»Erzähl!« sagte ich.

»Also«, begann Stoffele, »das war so. Am Nordpol ist oben Eis und unten Eis und rechts und links auch. Das Eis glitzert in der Sonne, was sehr schön aussieht. Zuerst ist der Eisbär gekommen und hat mich begrüßt und zum Essen eingeladen in seine Höhle.«

»Was hat's denn gegeben?« fragte ich.

»Eisberghonig«, sagte Stoffele. »Von den Eisblumen, die auf den Eisbergen wachsen. Nicht übel. Dann hab ich ihm erzählt, daß wir im Garten auch zwei Bären haben. Einen Himbär und einen Brombär. Da hat er so lachen müssen, der Eisbär, daß der ganze Eisberg gewackelt hat und ins Eismeer gestürzt ist, was furchtbar geplatscht hat.«

»Und du«, fragte ich erschrocken, »hast du's überlebt?«

»Glaub schon«, sagte Stoffele. »Aber den Bär hat's erwischt.«

»Tut mir leid«, sagte ich betrübt.

»Das Walroß hat ihn erwischt. Weil der Bär grad

auf das Walroß gefallen ist. Auf seinen Buckel. Das hat sich vielleicht gewundert, das Walroß. Hat gewiehert wie wild.«

»Walrosse wiehern doch nicht.«

Stoffele sah mich verächtlich von oben bis unten an. »Du weißt die allereinfachsten Sachen nicht«, sagte er und schüttelte den Kopf. »Klar hat es gewiehert. Soll es vielleicht kikeriki schreien, wo es doch ein Roß ist? Ich hab mich dann auch auf seinen Buckel gesetzt und mich an der Mähne festgehalten.«

»An der Mähne. Aha.«

»Die ist ganz blau, die Mähne. Mit Eiszapfen drin. Und einen Schwanz hat es auch. Aus dem schneit es Schneeflocken. Der Bär ist hinter mir gehockt und hat sich an mir festgehalten. Und so sind wir zu dritt übers Eismeer geritten, das Walroß unten und wir beide oben, und haben was Schönes gebrüllt.«

»Was denn?«

»Ich brüll's dir mal vor«, sagte Stoffele. Und das klang so:

>»Wir schwimmen froh durchs Eismeer.
Hier ist es gar nicht heiß mehr.
Wo kommt denn nur das Eis her?
Das Eismeereis
das ist so weiß
und gar nicht heiß

auf unsrer Reis
durchs Eismeereis.‹

Das Walroß hat am lautesten gesungen. ›Wohin geht's denn?‹ hab ich gerufen. ›Gleich sind wir da‹, hat es gebrüllt. Und dann waren wir auch schon da.«

»Wo denn?«

»Auf einer riesengroßen Eisscholle. Ganz blau war die. Und grün. Und lila. Und auf der Eisscholle sind sie schon gestanden und haben uns gewunken und haben gejuchhut und auch gesungen.«

»Wer denn?«

»Na, die feinen Pinkel. Richtig fein haben die sich gemacht. Wegen mir. Haben extra ihren schwarzen Anzug angezogen.«

»Ach so. Du meinst Pinguine.«

»Sag ich ja. Pinkel. Wunderbar haben sie gesungen.«

»Was denn?«

»›Heil sei dem Tag, an welchem du bei uns er-schie-hie-nen. Dideldum. Dideldum. Dideldum.‹ Immer wieder haben sie das gesungen.«

»Aber die haben doch gar nicht gewußt, daß du kommst.«

»So was spricht sich schnell rum. Und man ist ja auch nicht irgendwer. Man ist schließlich der Stoffele aus Oberweschnegg.«

»Und was habt ihr dann gemacht?«

»Dann hab ich ihnen erzählt. Von uns. Daß du gerade zwei Pickel im Gesicht hast, und daß der Barri so groß ist wie ein Elefant, und daß die Hühner von Eckerts überall rumrennen und den Salat fressen. Und von Balu, dem Hund vom Lehrer, wo man die Augen nicht sieht, vom Hund, mein ich, wegen der Wuschelhaare, und daß die Hühner von Hugs jetzt wieder legen, weil der Holunder nimmer blüht, denn ›Holunderblüt macht Hühner müd‹, und daß der Dirk gerade Schnupfen hat, und eine Frau hat er auch. Die wichtigen Sachen halt. Sie lassen alle ganz herzlich grüßen, die Pinkel. Und dann haben sie mir was geschenkt.«

»Was denn?«

»Den Stecken, der aus der Erde rausguckt.«

»Die Erdachse?«

»Das Ding steht ihnen nur im Weg rum, haben sie gesagt, und daß sie immer drüberstolpern. Erst hab ich gedacht, ich nehm's mit und schenk es dir. Zum In-den-Garten-Stecken. Für die Bohnen oder so. Aber dann hab ich gedacht, ich laß es lieber da. Sonst weiß man ja nicht mehr, wo der Nordpol ist.«

»Da hast du ganz richtig gedacht«, sagte ich.

»Aber hinaufgeklettert bin ich doch. Wollte mal gucken, wie die Erde von dort aussieht.«

»Und?«

»Von oben hab ich den andern Stecken gesehen. Den Südpolstecken.«

»Stoffele«, sagte ich, »das geht doch gar nicht. Die Erde ist nämlich rund.«

»Ich hab natürlich rundum geguckt«, sagte Stoffele. »Dann geht's.«

»Ach so. Das ist was anderes.«

»Auf dem Stecken ist auch einer gehockt. Er hat mir gewunken mit seiner Pfote.«

»So? Wer denn?«

»Ein Kater. Ganz weiß. Er kommt mich mal besuchen, hat er gerufen. Vielmehr gebrüllt. Ist ja ganz schön weit weg, dieser Südpolstecken. Und Eis und Schnee gibt's dort auch. Wie ich dir gesagt hab. Aber du glaubst mir ja nix.«

»Wann kommt er dich besuchen?«

»Wenn er wieder daheim ist. Vorher geht's nicht.«

»Wo stammt er denn her, dieser Südpolkater?«

»Aus Tiefenhäusern. Ihm war's dort zu heiß. Wie mir. Er hat gesagt, von ihm aus ist der Südpol näher. Nächstesmal gehen wir zusammen.«

»Vielleicht geh ich mit«, sagte ich.

»Kommt gar nicht in Frage«, sagte Stoffele entschieden. »Du bleibst hier. Ich brauch dich doch zum Zuhören.«

»Da hast du auch wieder recht«, sagte ich. »Und jetzt muß ich den Garten gießen.«

Eigentlich doch ein bißchen schade, daß er den Stecken nicht mitgebracht hat, dachte ich, als ich das Gemüsebeet spritzte. Dann könnten meine Bohnen sich an der Erdachse emporranken.

Was wichtig ist im Leben

om Leben hast du keine Ahnung«, sagte Stoffele.

Wir saßen im Garten und unterhielten uns.

Ich protestierte. »Aber –«

»Halt den Mund! Ich erklär dir das jetzt mal, das Leben.«

Ich hielt den Mund und machte es mir im Liegestuhl bequem. Stoffele setzte sich auf den Boden, links das Rosenbäumchen, rechts die Gießkanne, und begann:

»Erstens. Das Leben ist um einen herum. Überall ist es, das Leben. Oben und unten und hinten und vorne. Auch dazwischen. Und ich bin in der Mitte. Das ist ja klar. Sonst wär ja nicht alles um mich herum. Ich, Stoffele, bin die Mitte von allem, was wir mal festhalten wollen.« Er sah mich eindringlich an.

Ich hielt es fest.

»Der rote Kater von nebenan glaubt, er sei die Mitte. Aber der ist ja blöd. Barri glaubt das auch. Ich hab ihm aber nicht gesagt, daß ich in der Mitte bin, sonst hätt er geheult. Er ist ja kein sehr gebildeter Hund. Wer sabbert, der kann doch nicht in der Mitte von allem sein, was?«

Ich hob die Schultern und sagte nicht, daß auch ich – obwohl ich nicht zu den Sabberlatzen gehöre – geglaubt hatte, ich sei die Mitte der Welt.

»Zweitens. Wenn man mit dem Leben anfängt, ist man klein. Später ist man groß, und zwischendurch wächst man. Auch ich war mal klein. Aber schwarz war ich auch schon, als ich klein war. Und der Fleck auf meinem Schwanz ganz hinten, wo er aufhört, war auch klein. Klein, aber da. Wenn man klein ist, ist alles um einen herum viel größer. Ist man groß, wird das, was vorher größer war, wieder kleiner. Und man kann manchmal auf etwas hinuntergucken, zu dem man vorher hinaufgucken mußte. Hinuntergucken ist angenehmer als hinaufgucken. Aber nicht von einem Baum, der sehr hoch ist. Oder wenn ein großer Hund druntersteht und einen so anfletscht.

Drittens. Zum Leben gehört auch der Bauch. Oft ist er leer. Dann knurrt er. Manchmal ist was drin. Manchmal ist was ganz Feines drin, und er ist ganz rund, der Bauch. Rund ist schön. Dann schnurrt einen das Leben an, und man schnurrt zurück. Früher war mein Bauch oft leer. Jetzt, wo wir zusammen sind, ist immer was drin.

Viertens hängt mit drittens zusammen: Sehr wichtig im Leben sind Schüsselchen. Ich hab jetzt zwei. Das rote für die Milch und ein blaues fürs

Wasser. Und ich hab einen Teller fürs Büchsenfleisch, am liebsten das zu zweizwanzig ›mit allen
wichtigen Vitaminen für Ihren Kater und Geld zurück, wenn's ihm nicht schmeckt‹. Schüsselchen
sind eine gute Sache, besonders, wenn was drin ist.
Sind sie leer, kann man sich wenigstens vorstellen,
was drin sein könnt. Milch zum Beispiel.«

Ich erhob mich und brachte ihm sein rotes
Schüsselchen.

»Da ist eine Fliege drin«, sagte Stoffele mit mil-
dem Vorwurf.

Ich schämte mich wegen der Fliege – obwohl ich
sie nicht hineingetan hatte – und sorgte auf der
Stelle für eine fliegenlose Milch.

Er schleckte das Schüsselchen aus und fuhr fort:

»Noch was zum Thema Bauch: Man braucht
unbedingt einen zweiten Bauch, mit dem man
befreundet ist und auf dem man herumtrampeln
kann. Am besten geht das auf einem weichen
Bauch. Nach dem Trampeln dreht man sich ein
paarmal um sich herum, dann legt man sich auf
den Bauch und macht ein Nickerchen. Soviel über
Bäuche.

Fünftens. Zum Leben gehört ein Körbchen, am
besten auch rund. Und etwas Warmes im Körbchen, in das man sich hineinkuscheln kann. Du
hast mir einen roten Pullover geschenkt mit einem
wunderschönen Loch. Das Loch ist gut für die frische Luft. Und man kann die Pfote durchstecken

oder den Schwanz, und dann denkt man: Wem gehört denn dieser herrliche Schwanz, der hinten so leuchtet? Gehört der vielleicht dem Stoffele? Und dann freut man sich, daß man diesen schönen Schwanz hat und ein warmes Körbchen, was man früher nicht gehabt hat, als man immer rumgeschlottert ist.

Sechstens. Zum Leben gehören auch Sachen, die kullern. Ich hab eine Quietschmaus und einen Ball und drei Nüsse und einen Korken und ein Stopfei und ein Wollknäuel, was sie aber gar nicht sind. Sie sind nämlich schrecklich wilde Dinger, aber denen zeig ich's. Nicht so gut sind Sachen, die man nachgeschmissen bekommt. Steine und Schlappen und so. Oder Wörter wie ›elender Dreckskater‹. Man ist nämlich kein Dreckskater. Man putzt und schleckt sich, wo's nur geht.

Siebtens. Das Putzen. Dazu braucht man zweierlei: ein Fell und eine Zunge. Erst Augen zu. Dann schleckt man sich die Pfote und streicht mit der Pfote ein paarmal über die Ohren. Dann putzt man den Bauch und von der Seite auch. Die Beine streckt man schön lang von sich. Den Schwanz klemmt man beim Putzen in die Pfoten. Den Hintern nicht vergessen. Wenn man schön sauber geschleckt ist, kommt immer so ein Mensch und faßt einen an, das Ferkel, dann muß man wieder von vorn anfangen. Sauber dauert nicht. So ist das Leben.

Achtens. Das Allerwichtigste im Leben ist, daß man eine Hand kennt, in die man den Kopf hineinlegen kann. Die einem die Zecken raus- und die Tür aufmacht. Und die Hand gehört jemand, der sagt: Komm rein! Und der einen streichelt. Aber nie gegen den Strich. Zum Streicheln braucht man ein Fell, am besten streichelt es sich auf einem schwarzen, aber weiß oder mit Flecken oder Streifen geht zur Not auch. Und Ohren sind sehr wichtig. Ohne Ohren könntest du mich nicht hinter den Ohren kraulen. Ich mein, ohne meine Ohren. Du brauchst keine dazu, aber mit Ohren hörst du mich besser schnurren.«

Er schnurrte, und ich lauschte diesem herrlichsten und friedlichsten aller Geräusche.

»Neuntens. Das Schnurren. Das ist etwas Großes, Wunderbares. Man kann's, oder man kann's nicht. Wie's geht, bleibt das Geheimnis aller Kater und Katzen.

Zehntens. Wichtig sind Sachen, die man nicht hat. Würmer. Oder Flöhe, weil man sich ja nicht immer kratzen kann, besonders, wenn man mit einer kleinen weißen Katze – du verstehst?«

Ich verstand. Auch ich ziehe es vor, in gewissen Situationen nicht mit Flöhen konfrontiert zu werden.

»Elftens. Zum Leben gehört auch Krach. Ein ganz schlimmer Krach sind Staubsauger, Hunde und Radios. Ein Krach, der gerade nicht da ist,

heißt Stille und ist sehr angenehm. Mit Katern –
schon gut, auch mit Katzen – spricht man leise und
höflich.

Zwölftens: Kannst du dir das alles merken?«

»Ich schreib es mir auf und lern es auswendig«,
sagte ich. »Vielen Dank. Jetzt weiß ich alles vom
Leben.«

»Man muß nur die richtigen Leute fragen«,
sagte Stoffele zufrieden, trottete unter den Goldregenbusch, legte sich in den Schatten und machte Müffchen.

Tür auf! Tür zu!

toffele maunzte vor der Küchentür. Ich öffnete sie und ließ ihn herein. Er machte einen freundlichen Schwanzkringel, nickte mir zu, marschierte durch die Küche, ging würdevoll durch den Gang ins Wohnzimmer, stand vor der geschlossenen Balkontür und maunzte.

Das kannte ich schon. Ich setzte mich aufs Sofa und legte die Füße auf den Tisch.

Das Gemaunze wurde lauter und ungeduldiger.

Ich schlug die Zeitung auf.

Stoffele hockte vor der Balkontür und sah erst zur Klinke, dann zu mir.

Bleib hart! dachte ich und las, daß der Bauer Albiez aus Tiefenhäusern zwei sehr gelungene Ferkel zum Verkauf anzubieten hatte. Eigentlich interessiere ich mich nicht für Ferkel, auch nicht, wenn sie besonders gut gelungen sind, aber diese Meldung fand ich so aufregend, daß ich sie dreimal hintereinander las.

Stoffele stieß den Kopf an mein Bein. »Ich will hinaus!«

Ich hielt ihm eine Rede: »So geht das nicht,

mein Lieber! Den ganzen Tag raus und rein und raus und wieder rein.«

»Das muß sein!« erklärte mein Kater.

»Glaubst du, ich bin dein Türöffner?«

»Wozu hält man sich sonst einen Menschen?« fragte Stoffele erstaunt.

Ich sprang empört auf. »Mephistopheles!«

»Natürlich braucht man euch auch zum Fressen.«

»Du willst mich – aber dein Schüsselchen ist doch noch voll!«

»Zur Zubereitung des Fressens, mein ich. Und jetzt will ich hinaus!« sagte Stoffele entschieden.

Ich ließ mich wieder aufs Sofa fallen. »Das willst du nicht. Du kommst nämlich gerade von draußen.«

»Klar. Sonst könnt ich doch nicht wieder hinaus wollen. Wenn man schon draußen ist, will man nicht hinaus, dann will man hinein. Kapiert?«

»Aber was soll das ewige Rein und Raus?«

»Wieso sollen? Ich bin ein freier Kater. Freie Kater sollen grundsätzlich nichts. Ich geh freiwillig ein und aus. Und jetzt will ich wieder hinaus.«

»Könntest du mir bitte verraten, warum?«

»Äh – nachschauen.«

»Was gibt's denn zum Nachschauen?«

»Ob alles in Ordnung ist.«

»Was soll das heißen, Stoffele?«

»Es könnt ja was weg sein«, sagte Stoffele. »Die Birke. Der Misthaufen. Der Mond. Der Gartenschlauch. Der Mülleimer. Der rote Kater. Mozart. Die weiße Katze. Der gestreifte –«

Das überzeugte mich nicht. »Hier kommt nichts weg. Jedenfalls nichts Wichtiges. Birken, Monde und Misthaufen sind ziemlich dauerhaft.«

»Aber es könnt doch sein – weißt du das genau?«

»Wissen kann man so was nie«, gab ich zu. »Aber ich glaube es einfach nicht.«

Stoffele hob die Pfote. »Glauben ist gut«, sagte er, »Kontrolle ist besser.«

»Wo hast du diesen blöden Spruch her?«

»Von dir. Sagst du doch immer, wenn du guckst, ob ich Flöh hab. Und jetzt laß mich raus.«

Ich öffnete die Tür. »Wie du willst. Aber für den Rest des Tages bleibst du draußen.«

Stoffele zog ab. Hinter ihm verriegelte ich die Glastür.

Nach fünf Minuten war er wieder da.

Ich ging zur Tür und drehte ihm eine lange Nase.

Stoffele stellte sich auf die Hinterbeine und drückte die Schnauze an der Glasscheibe platt.

Ich legte die Hände wie Ohren seitlich an den Kopf und wackelte damit.

Stoffele warf mir einen verächtlichen Blick zu, sprang aufs Geländer und stürzte sich entschlossen in die Tiefe – wenigstens fast – ich konnte gerade noch die Tür aufreißen, ihn packen und retten. »Hast du mich erschreckt! Bist du ausgerutscht, liebster Stoffele?«

»Ich rutsch nie aus. Ich wollte rein.«

»Übers Geländer ist es aber ein Umweg.«

»Eben nicht, wie du siehst.« Stoffele schlenderte ins Wohnzimmer. Dann durch den Gang. Dann durch die Küche. »Mach auf!« verlangte er. »Ich will hinaus!«

»Kommt nicht in Frage!«

»Ich muß mal –«

»Du schwindelst. Das hättest du vorhin erledigen können.«

»Ich muß mal ganz schnell auf die Weide klettern.«

»So? Warum?«

»Da sitzt jemand drauf. Auf meiner Weide!«

»Es ist auch meine Weide. Wer immer dort sitzt – ob Elefant, Rotkehlchen oder ein Heiligerdreikönig – er sitzt mit meiner Erlaubnis dort. Stundenlang, wenn er will.«

Stoffele maunzte.

»Du kannst maunzen, bis du schwarz bist, mein Lieber. Die Tür bleibt zu.«

»Ich bin schon schwarz«, erklärte Stoffele.

»Dann, bis ich die Zeitung fertiggelesen habe.«

»Wann bist du fertig?«

»Nur noch den Sportbericht.«

»Den liest du sonst nie. Wegen Unsportlichkeit.«

»Morgen fang ich an zu joggen«, sagte ich kühl.

Stoffele schlug die Krallen in den Teppichboden, sprang auf den Tisch, vom Tisch ins oberste Regal des Bücherschranks, warf den Ratgeber für Alleinerziehende ›Wie setze ich meinem Kater Grenzen‹ herunter und landete auf dem Lautsprecher. »Ich will hinaus!«

Ich stand auf und ließ ihn hinaus.

Er marschierte ums Haus herum und begehrte durch die Küchentür Einlaß.

Ich ließ ihn herein.

Ich ließ ihn hinaus. Und so weiter. Nix zu machen. So sind sie nun mal, die Kater.

»Katzen auch«, sagte Stoffele.

Warum nur, warum?

»Darum!« sagte Stoffele.

Wer hat Flöh?

ast du Flöh?« fragte Stoffele.

»Ich hab keine Flöh«, sagte ich.

»Warum kratzt du dich dann die ganze Zeit?«

»Weil es mich juckt.«

»Warum juckt es dich?«

»Keine Ahnung«, sagte ich. »Manchmal juckt es einen halt.«

»Das machen die Flöh«, sagte Stoffele zufrieden. »Ich hab keine.«

»Aber nur, weil Frau Doktor Hoggenmüller dir eine Spritze in den Hintern gejagt hat. Zwanzig Mark fünfzig hat's gekostet.«

Stoffele sah äußerst vergnügt aus. »Deine Flöh kosten bestimmt hundert Mark. Und du brauchst mindestens fünf Spritzen. Fein! Da reicht ein Hintern gar nicht. Wie viele Hintern hast du?«

»Stoffele«, sagte ich, »ich besitze nur einen Hintern und keinen einzigen Floh.«

»Woher weißt du das?« fragte Stoffele.

»Das weiß ich, weil ich ein Mensch bin.«

»Haben Menschen keine Flöh?«

»Manchmal schon«, gab ich zu.

»Na also. Jetzt ist manchmal.«

»Ich denk nicht dran, Flöhe zu haben«, sagte ich.

»Gehen die Flöh vom Nichtdrandenken weg?« fragte Stoffele interessiert.

»Nein«, sagte ich. »Nur vom Spritzen.«

»Morgen hat sie Sprechstunde«, verkündete Stoffele vergnügt. »Immer dienstags und freitags von zwei bis vier. Für Kleintiere.«

»Ich bin aber kein Kleintier«, sagte ich.

»Für Großtiere mittwochs und donnerstags«, sagte Stoffele. »Ich komm mit und guck zu.«

»Ich bin auch kein Großtier. Und ich hab keine Flöh, zum Donnerwetter!«

»Warum donnerwetterst du?«

»Weil ich eine Wut hab.«

»Kann ich verstehn«, sagte Stoffele freundlich. »Bei so vielen Flöhen.«

»Ich hab keine Flöh! Und die Wut hab ich auf dich.«

»Warum denn?« fragte Stoffele. »Ich hab schließlich keine Flöh.«

»Ich auch nicht«, sagte ich.

»Warum kratzt du dich dann?«

»Weil es mich so juckt.«

»Das sind die Flöh«, sagte Stoffele. »Runter von meinem Kissen!«

»Wieso denn?« fragte ich.

»Weil ich keine Flöh von dir kriegen will.«

»Kriegst du nicht«, sagte ich.

»Warum nicht?« fragte Stoffele.

»Weil ich keine hab.«

»Jetzt ist er hinten, der Floh«, sagte Stoffele. »Auf deinem Buckel.«

»Woher willst du das wissen?«

»Seh ich doch. Du kratzt dich dort.«

»Weil es mich juckt.«

»Du tust mir so leid.«

»Warum?«

»Weil du nicht überall hinkommst. Ich mein, zum Kratzen.«

Das Jucken wurde immer schlimmer. Ich stellte mich an die Tür und rieb den Rücken an der Türleiste. Es half nichts. Ich nahm den Brieföffner und bohrte damit ein Loch in den Pullover.

»In dem Pullover, der in meinem Körbchen liegt, ist auch ein Loch«, sagte Stoffele. »Da steck ich immer meinen Schwanz durch, dann freut er sich.«

»Ich hab hinten keinen Schwanz zum Freuen«, sagte ich und versuchte es mit dem Kleiderbügel. Der aber war zu kurz.

Stoffele sah teilnahmsvoll zu.

»Jetzt ist der Floh in deinem Ohr«, stellte er fest. »Versuch's mal mit der Hinterpfote. Guck, ich mach's dir vor.«

Ich konnte meine Hinterpfote aber nicht bis zum Ohr heben.

»Ich könnt mich schon kratzen«, sagte Stoffele. »Überall. Wenn ich müßt. Aber ich muß ja nicht. Ich hab schließlich keine Flöh.«

»Ich auch nicht«, sagte ich.

»Warum kratzt du dich dann?«

»Weil es mich juckt. Ganz schrecklich. Wird immer schlimmer. Und du bist schuld.«

»Wieso ich?« fragte Stoffele. »Ist es mein Floh?«

»Nein«, gab ich zähneknirschend zu.

»Und weil es meiner nicht sein kann, muß es natürlich deiner sein. Daran bin ich nicht schuld.«

»Doch. Weil du immer wieder davon anfängst. Es würde mich schon lange nicht mehr jucken, wenn du nicht andauernd auf diesen blöden Flöhen herumreiten würdest.«

»Immer ich!« sagte Stoffele beleidigt. »Wo ich doch ganz still hier sitz und nur meine Ruhe haben will, was nicht geht, bei dieser lauten Kratzerei.«

»Ich muß mich aber kratzen«, sagte ich. »Weil es mich so schrecklich und immer schrecklicher juckt. Was ist das nur?«

»Das sind die Flöh«, sagte Stoffele, drehte sich um und legte die Pfote über die Augen, was bedeutete, daß er nicht mehr gestört werden wollte.

Am nächsten Tag kaufte ich eine Kratzhand. Damit kommt man überall hin. Seither juckt es mich aber nicht mehr. Die Kratzhand liegt unbenutzt auf dem Schreibtisch. Acht Mark fünfzig hat sie gekostet.

Ach du armer Kater!

wei Tage lang kam er nicht heim. Am dritten Morgen lag er hinter der Küchentür, zu matt für sein übliches Laßmichreinichhabhungergebrüll, am Hals eine tiefe blutende Wunde. Das sah böse aus. Seine Schnauze war heiß und trocken. Fieber.

Ich trug ihn in sein Körbchen und wusch die Wunde mit Kamillentee. Stoffele maunzte ganz leise, schleckte mir die Hand und schlief ein.

»Stoffele«, sagte ich am nächsten Morgen, »wer hat dich so zugerichtet?«

»Hund.«

»Einer von hier?«

Er schüttelte den Kopf. »Ein Riesenvieh. Mordsrachen. Reißzähne.«

»Aber wieso rennt der frei herum? Große Hunde müssen doch angeleint werden.«

»Hat mich erwischt. Kein Baum da. Alles tut weh.«

»Wird schon wieder«, sagte ich. »Du hast fast kein Fieber mehr. Trink das.«

Stoffele schlabberte ein ganzes Schüsselchen Wasser leer und schlief gleich wieder ein.

Mit dem Gesundwerden ging es aber nicht so schnell. Stoffele war zu schwach, um sein Körbchen zu verlassen. Ich hatte den Schaukelstuhl daneben gestellt. Den ganzen Tag lang schlief oder döste er. Oder er sagte: »Erzähl was!« Oder: »Bitte streicheln! Wenn du mich mehr streichelst, dann bin ich viel schneller wieder ganz.«

»Aber ich kraule dir doch den ganzen Tag die Ohren«, sagte ich. »Du bist ja schon ganz verkrault.«

»Davon krieg ich nie genug«, sagte Stoffele mit schon wieder ein bißchen glänzenden Augen. »Bitte weiter!«

»Du bist der streichelsüchtigste Kater, den ich kenne.«

»Wenn du mich streichelst«, sagte Stoffele und schaute mich sanft an, »dann sind mir auf einmal alle so sympathisch. Der rote Kater von nebenan, der Rex von Baumgartners, der Gartenzwerg von Hugs, der Baum hinterm Haus und die Wolken oben. Und der Gartenschlauch. Und die Mäuse im Komposthaufen. Komisch ist das. Immer, wenn du mich streichelst. Ich könnt allen was schenken. Oder was vorsingen. Innen läuft es durch mich durch wie warme Milch.«

Ich streichelte und streichelte. Sein Fell fühlte sich schon nicht mehr so struppig an.

»Vielleicht könntest du mich auch ein bißchen bedauern«, bat er dann. »Nur ein ganz kleines bißchen.«

»Ach du armer Stoffele«, sagte ich.

»Mehr«, forderte Stoffele begierig. »Ärmer, bitte!«

»Ach du armer, armer Kater. Du bist der ärmste Kater, der jemals in diesem Körbchen gelegen ist. So was von arm!«

»Weiter! Mir geht's schon besser. Und jetzt sag noch was von ›lieber Kater‹ oder so. Wörter mit ›lieb‹ sind sehr wichtig fürs Gesundwerden.«

»Du bist nicht nur der ärmste, sondern auch der liebste Kater auf der ganzen Welt.«

»Und wenn du mich nicht hättest?« fragte Stoffele hoffnungsvoll, »sag, was wär dann?«

»Aber das weißt du doch!«

»Man hört's immer wieder gern. Sag's!«

»Dann wär ich traurig.«

»Nur traurig?« Stoffele ließ den Kopf hängen.

»Einfach traurig ist gar kein Ausdruck. Ich wär trostlos. Hilflos. Freudlos. Mit einem Wort: katerlos.«

»Du tust mir so leid.« Stoffele legte den Kopf zwischen die Pfoten und schniefte vor Mitgefühl. So sehr, daß ich ihm schnell erklärte, ich hätte ihn doch. Und er mich. Und »hätte« sei etwas anderes als »haben«.

Stoffele nickte. »Besser, man hat jemand, der

einen hinter den Ohren krault oder das Fell streichelt, als man hätte ihn nur.«

»So ist es.«

»Hätte man ihn nur, hat man ungekraulte Ohren, was?«

»Stimmt.«

»Und ungekraulte Ohren werden traurig. Sie lassen sich gehen und hängen.«

»Wie wahr.«

»Deshalb sollte man Ohren kraulen, wo immer man sie antrifft.«

»Da bin ich deiner Meinung.«

»Am besten ist's, man krauchelt sie, die Ohren.«

»Krauchelt?«

Stoffele nickte. »Das ist kraulen und streicheln auf einmal. Das wirkt stärker.«

Und weil er mich so ansah, krauchelte ich ihn ausgiebig.

»Früher hat mich keiner gekrauchelt«, sagte er. »Bin immer abgehauen. Man weiß ja nie bei euch. Aber bei dir weiß ich's.« Er machte die Augen zu.

»Schläfst du?« fragte ich.

»Ich denk darüber nach«, sagte Stoffele, »ob es schöner ist, wenn man hinter den Ohren gekrauchelt wird oder wenn man jemand hinter den Ohren krauchelt.«

»Das muß man ausprobieren.«

»Da war mal diese Katze. Bevor ich zu dir gekommen bin.«

195

»Ich weiß. Das Kirchenkätzchen vom Pfarrer. Hast du sie hinter den Ohren gekrauchelt?«

Stoffele verdrehte die Augen. »Nix Ohren«, sagte er. »Ohren hast du. Sie hat Öhrlein gehabt. Öhrlein, sag ich dir!« Er seufzte tief. »Aber mit dir bin ich auch zufrieden. Bitte weiter!«

Stoffele schlüpfte mir fast in die Hand und schnurrte vor Behagen.

»Du bist halt mein lieber Stoffele«, sagte ich.

»Miau!« sagte Stoffele.

Müffchen

uerst warf ich die blaue Tasse hinunter, dann goß ich Kaffee in Stoffeles Schüsselchen, dann streute ich Petersilie über die Brekkies.

Stoffele betrachtete mich kopfschüttelnd.

»Du bist so schusselig. Mach mal Müffchen. Das beruhigt.«

Müffchen macht man – für die, die's immer noch nicht wissen – so: Man legt sich hin, knickelt die Vorderpfoten um, was aussieht, als würde man – als Mensch – die Hände in einen schönen, weichen, warmen Muff stecken. Als Katze oder Kater steckt man die Pfoten aber in keinen Muff, weil man selber einer ist. Warm. Weich. Schön. Man knickelt einfach.

Ich versuchte es.

»Sieht komisch aus«, sagte Stoffele. »Der geborene Müffchenmacher bist du nicht.«

»Ich bin ja auch kein Kater. Menschen machen keine Müffchen.«

»Drum!« sagte Stoffele.

»Was heißt ›drum‹?«

»Wenn ihr Müffchen machen könntet, wärt ihr viel bessere Menschen. Nicht so verbrüllt. Nicht so schusselig. Ruhig. Lieb. Ausgeglichen. Ihr solltet es lernen.«

Ich ließ mich in den Schaukelstuhl fallen.

»Nie lern ich das. Mensch ist Mensch und Katz ist Katz.«

»Kater, bitte«, sagte Stoffele. Darauf legt er Wert. Dann rollte er sich zusammen, sein Kopf sank immer tiefer auf die Pfoten, und er fing an, leise zu schnarchen.

»Du hast geschnarcht«, sagte ich.

»Ausgeschlossen«, erklärte Stoffele. »Ich weiß ja nicht mal, wie das geht. Außerdem war ich weit weg.«

»In deinem Körbchen warst du«, sagte ich. »Direkt neben mir. Ich hab dich ein paarmal gestreichelt. Und geschnarcht hast du doch.«

»Ich hab gefaucht. Er hat mich nämlich naßgespritzt.«

»Wer?«

»Der Wal natürlich.«

»Welcher Wal?«

»Na, der dicke Kerl in dem Bach hinterm Wald bei Attlisberg. Mit dem Wasser drin.«

»Warum hat er dich naßgespritzt?«

»Weil er keinen Humor hat.«

»So? Hast du ihn geärgert?«

»Überhaupt nicht. Ich hab nur ›Blöder Esel‹ zu ihm gesagt.«

»Dann geschieht es dir ganz recht.«

»Wenn er es aber doch nicht kapiert hat.«

»Was?«

»Wie man Müffchen macht. Ich hab's ihm fünfmal vorgeführt. So ein Depp!«

»Das kommt daher«, sagte ich, »daß man als Wal keine Vorderpfoten hat, die man umknicken kann. Dafür hat er ein Loch in der Nase. Zum Spritzen. Kannst du das?«

»Ich bin doch kein Gartenschlauch. Müffchenmachen ist wichtiger. Dann war ich auf einmal auf unserer Wiese. Aber das Känguruh wollte es auch nicht lernen. Außerdem lügt es.«

»Wieso?«

»Na, mit seinem Namen. Es hört doch mit ›ruh‹ auf. Und das stimmt überhaupt nicht. Ganz nervös und zipflig ist es. Wie du heut morgen. Und furchtbar sprunghaft.«

»So ein Känguruh ist eben kein Müffchen-Typ«, sagte ich. »Bei wem hast du's noch probiert?«

»Beim Lehrer. Dem mit dem Hund. Dem immer die Haare in die Augen hängen.«

»So lang sind seine Haare doch gar nicht. Herr Preuß hält viel auf eine gepflegte Frisur.«

»Ich red von Balu, so heißt der Hund. Er war gerade im Garten und hat was verbuddelt.«

»Balu? Was denn? Einen Knochen?«

»Ich mein den Lehrer.«

»Den hat er verbuddelt? Ist er hin? Wie ist denn das passiert?«

»Der Lehrer hat was verbuddelt.«

»Dann lebt er noch. Das freut mich. Einen Schatz?«

»Ich glaub, Salatsetzlinge. Erst hab ich ihm erklärt, warum man Müffchen macht und wie man Müffchen macht, dann hab ich's ihm gezeigt.«

»Und?«

»Er kriegte seine Pfoten nicht richtig umgeknickt. Obwohl er so freundlich guckt. Aber er hat gesagt, wenn er mal paniert ist, wird er es ganz bestimmt üben.«

»Wieso paniert? Haut ihn seine Frau in die Pfanne?«

»Paniert ist er, wenn er nicht mehr in die Schule muß. Du weißt auch gar nix.«

»Stoffele«, sagte ich, »das heißt pensioniert. Nicht paniert.«

»Ich glaub, er ist gar nicht unbegabt. Aber der Zwerg hat es sehr gut hingekriegt.«

»Was für ein Zwerg?«

»Der vom Schneewittchen. Der siebte. Mit der Bommelmütz. Der Bommel war grün.«

»Gut«, sagte ich, »dann werde ich mir halt eine grüne Bommelmütze zulegen. Vielleicht klappt's dann besser mit dem Müffchenmachen.«

»Die Mütz war aber blau. Nur der Bommel war

grün. Meinst du, es hilft? Vielleicht sollten wir allen so eine Mütz schenken. Dem Wal, dem Känguruh und dem Lehrer.«

»Der Wal bräuchte aber eine ziemlich große«, gab ich zu bedenken.

»Und beim Känguruh müssen wir zwei Löcher hineinschneiden«, meinte Stoffele. »Ohrenhalber. Der Lehrer kann sie ja über die Ohren ziehn. Er ist eher ein Kurzohrlehrer.«

Dann fiel mir etwas Schreckliches ein.

»Stoffele«, sagte ich, »ich kann ja gar nicht strikken. Häkeln auch nicht. Du vielleicht?«

Stoffele senkte den Kopf.

Und so kommt es, daß der Wal und das Känguruh immer noch nicht Müffchen machen können. Der Zwerg schon. Er hat ja eine Müffchenmütze. Der Lehrer wird es bestimmt lernen. Wenn er mal paniert ist.

Schwanz ab!

toffele«, rief ich, »komm mal her!«

Mein Kater lag zusammengerollt auf dem blauen Kissen über der Heizung.

»Hast du gehört?«

Die Katerkugel rührte sich nicht.

»Ich rufe dich!«

Das rechte Ohr bewegte sich ein bißchen.

»Mephistopheles!«

Dann das linke.

»Bist du ertaubt?«

Stoffele wechselte die Lage, so daß ich ihn von hinten sah.

»Es ist sehr unvornehm, einem den Hintern zuzudrehen«, sagte ich.

Über sein Fell lief ein Zucken.

»Tu nicht so! Du bist hellwach.«

Jetzt zuckten auch die Pfoten.

»Komm sofort her, du Saukater!«

Der Saukater schlummerte verstockt. Dann begann er zu schnarcheln.

»Du weißt genau, was ich dir sagen will. Gib's zu!«

Das Geschnarchel wurde zum Geschnarche.

»Das Kissen hat mir meine Oma vererbt. Sie hat mit eigenen gütigen Omahänden ›Gut' Nacht!‹ darauf gestickt. In Kreuzstich.«

Stoffeles Pfoten zuckten im Traum.

»Eine Katze hat sie auch draufgestickt. Eine schwarze. Vermutlich hat sie dich vorhergeahnt.«

Nun kam auch in die Schwanzspitze Bewegung.

»Vielleicht wollte sie mir sagen: wenn du erst mal eine schwarze Katze hast, dann: Gut' Nacht!«

»Kater!« sagte Stoffele im Tiefstschlaf. Dann riß er den Rachen so weit auf, daß ich ihm fast in den Magen sehen konnte, und gähnte.

»Pfote vors Maul! Und was tust du?«

Stoffele drückte den Kopf auf die Pfoten.

»Das ist der Dank! Wenn das meine Oma wüßt, das Herz im Leib tät ihr zerspringen! Weißt du, was du angerichtet hast? Der gestickte Kater hat keinen Schwanz mehr. Du hast mit deinen Krallen den Faden heraus- und den Schwanz aufgezogen. Und was haben wir nun auf Omas Kissen? Einen schwarzen Kater ohne Schwanz.«

Stoffele gähnte ein zweites Mal.

Das erboste mich. »Ich zieh deinen auch auf.«

Stoffele legte im Schlaf beide Pfoten auf seinen Schwanz.

»Dann kannst du entschwanzt, schwanzlos oder ungeschwänzt – such dir heraus, was dir lieber ist – herumrennen. Was knurrst du da?«

»Mein Schwanz gehört mir!« hatte ich gehört, aber nur leise und nicht ganz deutlich.

Drei Tage lang blieb er verschwunden. Ich machte mir die bittersten Vorwürfe. Das war zu arg, sagte ich mir, das mit dem Schwanz hättest du nicht sagen sollen. Wo der doch sein ganzer Stolz ist. Natürlich hast du's nicht ernst gemeint, aber so was sagt man nicht mal im Spaß.

Stoffele ließ mich schmoren. Erst am vierten Tag hockte er mitten auf dem Kompost.

»Da bist du ja!« sagte ich erleichtert. »Entschuldige, daß ich deinen Schwanz beleidigt hab, natürlich bleibt der, wo er ist, nie würde ich auch nur im Traum daran denken –«

»Wovon redest du?« fragte Stoffele kühl.

»Von dem Schwanz, den du Omas Kater – ich meine, von deinem Schwanz, den ich dir herausziehen – nein, von den Fäden in Omas Schwanz – dem Kissen in Omas Kater –«

»Fehlt dir was?« erkundigte Stoffele sich eine Spur milder.

»Jetzt nicht mehr!« sagte ich. »Du bist ja wieder da. Vergessen wir deinen Schwanz, ja?«

»Mein Schwanz«, sagte Stoffele mit Nachdruck, »ist unvergeßlich.«

»Gewiß! Drum bleibt er ja auch an dir dran.«

»Na klar. Warum sollte ich ihn auch fortschikken?«

»Eben. Bitte, lauf nicht mehr weg, mein lieber Kater!«

»Weg? Hab nur einen kleinen Besuch gemacht. Bißchen rumgetigert und so.«

»Dann hast du also nicht gehört, was ich sagte, während du geschlafen hast?«

»Wer schläft, hört nix«, sagte Stoffele. »Wie geht's dem gestickten Kater?«

Ich zeigte ihm Omas Kissen. Der Schwanz war wieder dran.

Stoffele musterte ihn kritisch. »Vorher sah der besser aus. Hinten war ein Kringel. Weißt du, wo der Kringel ist? Wo ist er geblieben?«

»Kringel sind wahnsinnig schwer zu sticken«, sagte ich. »In Handarbeit hatte ich immer eine Vier. Seien wir froh, daß er überhaupt wieder dran ist. Besser einen ungekringelten Schwanz als gar keinen.«

Das fand Stoffele auch. »Jetzt wär ein kleiner Imbiß fällig.«

Kleiner Imbiß war gut. Eine halbe Büchse verputzte er. Das heißt, um es ganz klar zu sagen, nicht die Büchse, sondern den Inhalt derselben.

Geschichtenfresser

rundsätzlich bin ich ein ordentlicher Mensch. Nicht immer, aber manchmal. Ich meine, es kommt schon ab und zu vor, daß ich aufräume. Gelegentlich finde ich sogar meine Sachen. Aber nun rannte ich schon eine ganze Stunde lang herum und suchte und suchte.

»Stoffele«, brüllte ich, »komm mal her.«

»Miau!« Ein dicker schwarzer Katerkopf erschien draußen am Fenster.

»Ich such etwas und find es nicht«, sagte ich.

»Das kommt von der Schlampigkeit«, sagte Stoffele.

»Ich suche die neuen Stoffelegeschichten, die ich dir gestern vorgelesen hab.«

Der schwarze Katerkopf verschwand ganz schnell. »Eine Verabredung. Was ganz Wichtiges.«

»Ich hab sie nicht gefunden«, sagte ich nach dem Abendessen. Stoffele hatte gefastet.

»Sie lagen auf dem Schreibtisch, neben der Vase mit den Margeriten. Ich versteh das nicht.«

»Höchstwahrscheinlich hat sie der Wind verschleppt«, vermutete Stoffele. »Der war heut ganz wild. Ist überall herumgestürmt.«

»Aber nicht in meinem Zimmer. Das Fenster war zu.«

»Vielleicht hat sie der Teufel geholt.«

»Welcher Teufel? Es gibt eine ganze Menge Teufel. Einer heißt Beelzebub, einer heißt Uriel, einer heißt Satan, einer heißt Mephistopheles – Mephistopheles – sag mal, mein lieber Stoffele –«

»Ich geb's zu«, sagte Stoffele matt. »Ich war's. Mir ist so schlecht.«

»Was hast du mit ihnen gemacht?«

Stoffele klopfte auf sein Bäuchlein. Es schien mir heute besonders rundlich.

»Willst du damit sagen, du hast sie –«

»So ist es«, sagte Stoffele. »Liegen mir ganz schön schwer im Magen. Machst du mir Kamillentee?«

»Aber warum frißt du meine Geschichten, du Saubär?«

Stoffele senkte den Kopf. »Weil da solche Sachen dringestanden sind.«

»In meinen Geschichten stehen immer Sachen drin. Das ist eine Eigentümlichkeit von ihnen, die so manchem Leser angenehm auffällt.«

Stoffele klopfte mit dem Schwanz auf die Sessellehne. »Mir nicht.«

»Mir schon«, sagte ich.

Er sah mich empört an. »Gemeine Sachen sind

das. Du hast geschrieben, daß der rote Kater von nebenan mich verhauen hat.«

»Das stimmt doch.«

»Ein Schwächeanfall, weil du so lang nicht heimgekommen bist und ich halb tot vor Hunger – und dann, daß mich der Barri, der Mistköter, auf den Baum gescheucht hat.«

»So war's ja auch.«

»Quatsch! Ich wollte ja sowieso hinauf. Wegen der schönen Aussicht. Und, daß ich dann vom Baum wieder heruntergefallen bin.«

»Das kann man wohl sagen.«

»Ein plötzlicher Orkan. Und, daß ich vor dem Staubsauger abgehauen bin.«

»Unter der Truhe hab ich dich hervorlöcken müssen.«

»Dort ist doch ein Mauseloch. Und vor dem bin ich gesessen und hab die Maus beschützt. Daß sie nicht aus Versehen eingesaugt wird, was ja nicht das Wahre für so eine arme Maus ist. Solche Sachen, wie du sie geschrieben hast, schreibt man nicht.«

»Warum denn nicht?«

Stoffele senkte die Augen. »Wegen der Ehre.«

»Unsinn. Meine Ehre hat überhaupt nichts dagegen.«

»Wegen der Katerehre.«

»Stoffele«, sagte ich, »ich mag dich auch ohne Ehre. Und es ist doch sehr lustig, wenn du vom Baum herunterfällst und dich unter der Truhe versteckst.«

Er funkelte mich an. »Aber ich mag mich so nicht. Weil ich genau weiß, daß ich in Wirklichkeit ein mutiger, eiskalter, allseits gefürchteter Kater bin. Denk an die Bestie von Oberweschnegg. Drum hab ich sie gefressen, diese Geschichten. Jetzt sind sie weg. Mir ist schlecht.«

»Geschieht dir ganz recht«, sagte ich. »Man frißt auch keine Geschichten über sich selber. Du kannst von Glück reden, daß du noch da bist.«

»Wieso?«

»Weil es dabei leicht passiert, daß man sich selber auffrißt. Und ich, wie steh ich jetzt da?«

»Du stehst nicht. Du hockst. In meinem Schaukelstuhl.«

»Ganz dumm hock ich jetzt da«, sagte ich. »Und warum?«

»Weil du halt so bist. Aber ich mag dich auch dumm«, sagte Stoffele sanft.

»Weil ich jetzt keine Stoffelegeschichten mehr hab.«

»Macht nix. Du kannst ja irgendwann wieder welche schreiben. In tausend Jahren oder so. Jetzt haben wir erst mal Ferien.«

»Ferien?«

»Schreibferien. Wir machen einfach Geschichtenpause. Du siehst sowieso ganz mickrig aus. Wie's Kätzle am Bauch. Du brauchst Erholung. Ganz arg.«

»Vielleicht ist das gar keine schlechte Idee«, fand

ich, räumte alle Bleistifte in die Schublade und hängte eine Decke über den Computer.

»Was steht denn da drauf auf der Decke?« fragte Stoffele.

»›Unter allen Decken ist Ruh‹. Das hat auch meine Oma gestickt. Sie hat die Decke abends immer über den Käfig vom Kanarienvogel gehängt. Und jetzt klauen wir dem lieben Gott den Tag.«

»Wenn er aber merkt, daß einer fehlt«, sagte Stoffele, »gibt's dann Knatsch?«

»Glaub ich nicht. Der ist nicht so, der liebe Gott. Außerdem hat er genug Tage. Eine ganze Ewigkeit. Ab in den Garten. Die Sonne scheint.«

Ich legte mich in den Liegestuhl, Stoffele legte sich auf meinen Bauch, und wir schnurrten zufrieden vor uns hin. Geschichtenferien. Miau!

Heldenkater

toffele«, sagte ich zu meinem Kater, »du mußt zur Tierärztin. Wurmhalber.«

»Ich muß gar nix«, sagte Stoffele. »Ein freier Kater bin ich, rund und gesund. Mir geht's prima.«

Er wollte zum Fenster hinausspringen, aber ich packte ihn am Wickel.

»Hab dich nicht so. Du kriegst eine Spritze, und dann kriegst du keine Würmer. Es tut überhaupt nicht weh.«

»Ist es mein Hintern oder deiner?« fragte Stoffele. Aber da saß er schon im verschließbaren Körbchen.

Im Wartezimmer warteten zwei Dackel, drei Katzen, ein Wellensittich, ein Hamster und eine Schildkröte. Alle sahen aus, als ob sie lieber woanders gewesen wären. Die Schildkröte hatte sich ihren Panzer über den Kopf gezogen und war weg. Stoffele schwitzte an allen vier Pfoten und versteckte seinen Kopf im weiten Ärmel meines Pullovers.

»Ich hab gar nichts gegen Würmer«, tönte es dumpf.

»Aber ich.«

»Wahrscheinlich trifft sie daneben mit ihrer Spritze und sticht mich tot. So was kommt andauernd vor.«

»Wer sagt denn das?«

»Ich.«

»Nix da. Die Spritze muß sein.«

Stoffele wurde wieder sichtbar. »Ich bin mehr für die Pille. Wenn so ein Wurm eine Pille sieht, haut er gleich ab.«

Ich war mehr für die Spritze.

»Gut, dann halt zwei Pillen. Oder vier. Oder sieben.«

»Du wirst gespritzt.«

»Fasten soll auch sehr gesund sein. Wer fastet, bei dem hauen die Würmer ab. Die fasten nicht gern mit.«

»So?«

»Ich faste zwei Tage lang, und jetzt verduften wir, bevor jemand merkt, daß wir da sind.«

»Wir sind angemeldet. Frau Dr. Hoggenmüller freut sich schon darauf, dich wiederzusehen.«

»Ich nicht.«

»Aber sie ist eine ungemein tüchtige, freundliche und ausgesprochen schwarzekaterliebende Ärztin.«

»Ihr Kater ist rot. Tarzan heißt er. Blöder Name.«

»Und hinterher bietet sie dir immer Katzentabs mit Fischgeschmack an.«

Stoffele erklärte finster, er hasse nichts mehr als fischige Tabs.

Jetzt waren nur noch der Hamster und die nicht vorhandene Schildkröte da.

»So eine Spritze ist bestimmt furchtbar teuer«, sagte Stoffele. »Dann gehst du pleite, kannst uns nicht mehr ernähren, ich verhungere, und du guckst dumm.«

»Ich hab noch was im Sparschwein«, beruhigte ich meinen Kater. »Das wird geschlachtet. Verhungern sollst du nicht.«

Stoffele starrte unverwandt die Tür an.

»Mach auf. Ich brauch frische Luft.«

»Die Tür bleibt zu. Sonst kommt der Hund herein, der ums Haus herumrennt und die Patienten bewacht.«

Der Hamster war schon drin.

»Diese Spritzen sind so groß, daß sie auf der anderen Seite wieder rauskommen«, teilte Stoffele mir mit.

»Woher weißt du das?«

»Von Barri. Den hat sie mal ganz durchgebohrt. Hat er mir selber erzählt.«

»Dann bist du gelocht, und ich kann durch dich hindurchgucken. Gleich sind wir dran.«

Jetzt kam die Sprechstundenhilfe und lächelte uns zu. »Der Nächste bitte!«

Ich erhob mich.

»Wir gehören nicht zusammen«, brüllte Stoffele, aber das Mädchen stellte sich taub.

»Also«, erzählte Stoffele. »Ich rein und mit einem Satz auf den Behandlungstisch. Donnerwetter, sagt die im weißen Kittel, so was von Mut. Endlich mal keiner von diesen verweichlichten Katern, die gleich in Ohnmacht fallen, wenn sie mich sehen. Prachtskerl. Dieses Fell! Diese Muskeln! Dann holt sie die Spritze. Ein Riesenapparat. Der reinste Spieß. Und haut sie in mich hinein. Ich keinen Mucks. Einen Eimer voll Blut hab ich verloren.«

Ich sah aus dem Fenster. Stoffele saß auf dem großen Felsblock im Steingarten. Unter ihm hockte der rote Nachbarskater mit gespitzten Ohren und offenem Maul.

»Stoffele«, rief ich, »komm schnell. Es gibt warme Milch. Wer eimerweise Blut verloren hat, muß viel trinken, damit er neues kriegt.«

»Da hörst du's«, sagte Stoffele zu dem Roten und schwankte ganz langsam und wackelig vom schrecklichen Blutverlust seinem Milchschüsselchen entgegen.

»Vom Papierkorb hast du ihm aber nichts erzählt, was?« fragte ich und füllte nach.

»Von was für einem Papierkorb?«

»In dem du dich verkrochen hast.«

»Man muß ja nicht alles an die große Glocke hängen«, sagte Stoffele. »Der Papierkorb bleibt unter uns.«

»Auch der Ärmel, den du der Ärztin zerrissen hast?«

»Der auch.«

»Und die umgeschmissene Blumenvase? Die zerfetzte Tapete, als du an der Wand hoch –?«

Stoffele sah mich finster an. »Wer von uns beiden wollte denn hin? Jetzt geh ich zu Barri und erzähl ihm, wie sie den Spieß in mich hineingebohrt hat. Mozart wartet auch schon, ich hab's ihm versprochen.« Und schritt von dannen.

»Vergiß nicht zu schwanken«, rief ich ihm nach.

»Wieso?«

»Na, vom Blutverlust«, rief ich.

Und Stoffele schwankte davon. Wie ein Kamel in der Wüste.

Frisch auf den Tisch

ie Milch brannte an, die Brekkiesschachtel war leer, der Büchsenöffner kaputt. Die Fleischdose blieb zu.

»Ich eß heut auswärts«, sagte Stoffele.

»Da bin ich wieder.« Stoffele sprang zum Fenster herein. »Toll war's. Und geschmeckt hat's.«

»Schön für dich!« sagte ich.

»Interessante Leute kann man da treffen.«

»Wo denn?«

»Bei der alten Scheune, wo die vielen Bretter liegen, von denen du neulich ein paar geklaut hast, um ein Vogelhäuschen daraus zu machen, das dann runtergefallen ist, weil du die Nägel schief eingeschlagen hast. Dort ist er herumgestanden.«

»Soso!«

»Er ist aber nicht von hier.«

»Tatsächlich?«

»Er wohnt auf einer Insel. Mit Wasser drumherum.«

»So was gibt's?«

»Klar. Wenn du mich fragst, sag ich dir, wer es ist.«

Ich goß das Usambaraveilchen.

»Fragst du?«

Schnippte eine Laus vom Fleißigen Lieschen.

»Also wenn du's unbedingt wissen willst –«

Ich erbarmte mich. »Wer ist es?«

»Natürlich Robinson.«

»Unsinn! Das war bestimmt der neue Briefträger.«

»Er hat ausgesehen wie der Robinson vorne auf deinem Robinsonbuch, aus dem du mir mal vorgelesen hast.«

»Und wie kommt er zu uns nach Oberweschnegg?«

»Ab und zu kriegt er einen Rappel, hat er gesagt. Dann hat er die Nase voll von seiner Insel und dem vielen Wasser. Und er hat sich mit diesem Montag gestritten.«

»Nicht Montag. Sein Freund heißt Freitag. Worüber denn?«

»Wer dran ist mit Wäschewaschen. Aber heut abend muß er zurück.«

»Zum Bügeln?«

»Quatsch! Wegen seiner Geiß, weil die morgen nämlich Geburtstag hat, und weil er so an seiner Geiß hängt, und weil sie meckert, wenn er nicht da ist.«

»Wie alt wird sie denn, die Geiß?« fragte ich.

217

»Er hat gesagt, sie ist eine Geiß im besten Alter. Wir haben einen Abschiedsschmaus gehalten. War sehr fein.«

»Freut mich.«

»Angebrannte Milch gab's keine. Und nix aus Büchsen.«

»Kann ich mir denken. Wo soll er die auch herhaben? Und wie aufkriegen ohne Büchsenöffner?«

Ich schaltete den Staubsauger an. Den mag Stoffele nicht.

»Bei ihm gibt's grundsätzlich nie was aus der Büchse«, brüllte mein Kater. »Immer alles frisch auf den Tisch. Nur Fleisch aus gesunder Muttermaushaltung. Da kennt er nix, der Robinson.«

»Was hat's gegeben?« rief ich.

»Maus am Spieß.«

»Du hast tatsächlich mal eine erwischt?«

»Nicht ich. Robinson. Erlegt hat er sie. Mit Pfeil und Bogen. Und dann haben wir ein Feuer gemacht und die Maus gebraten. Eigentlich wollte ich dir was mitbringen. Ein Stückchen vom Schwanz. Aber –«

»Vielen Dank. Es wär sowieso nicht nötig gewesen. Ich bin satt.« Ich stellte den Staubsauger ab.

»Aus dem Fell von der Maus will er sich eine Mütz machen«, sagte Stoffele. »Und der Schwanz hängt dann hinten runter. Oder rechts. Oder links. Da muß er noch drüber nachdenken.«

»Freitag wird gucken«, sagte ich. »Und die Geiß.«

»Wir schenken ihr auch was zum Geburtstag. Eine Glocke. Zum Bimmeln.«

»Du hast doch was gegen Gebimmel.«

»Ich muß es ja nicht hören.«

»Und woher habt ihr die Glocke?«

»Von der großen Kuh vom Bauer Hug mit dem schwarzen Flecken hinten und den riesigen Hörnern, an der du immer so schnell vorbeigehst. Das Gebimmel macht sie nur verrückt, hat sie gesagt, und die Milch wird ihr davon ganz sauer. Wir sollen sie ruhig mitnehmen. Und warum du jedesmal so rennst, wo sie doch nur mit dir reden und dich ein bißchen abschlecken will.«

»Ob die Geiß sich darüber freut?«

»Bestimmt. Und wenn nicht, dann freut er sich, hat Robinson gesagt.«

»Weil er sie dann selber umhängen kann?«

»Weil dann der Geiß die Milch auch sauer wird. Er mag nämlich keine Milch. Aber auf Ziegenkäse ist er ganz scharf. Dienstag auch.«

»Dienstag heißt Freitag!«

Stoffele leckte seine Pfote ab und strich sich damit über die Ohren. »Und dann hat er mich gefragt, ob ich mitwill auf seine Insel. So was wie ich hätt ihm gerade noch gefehlt.«

»Und?«

»Ich hab's mir überlegt. Immerhin – alles frisch

auf den Tisch – kein Büchsenfleisch – keine angebrannte Milch –«

»Und ich?« fragte ich erschrocken. »Was soll
dann aus mir werden?«

»Hab ich auch gedacht. Drum bin ich ja noch
da. Ist vielleicht doch besser hier. Immer nur Maus,
und Ziegenkäse mit Gebimmel mag ich auch nicht.
Und ob Sonntag mich versteht, weiß ich nicht.
Man braucht ja unbedingt einen, dem man erzählen kann, was man Tolles erlebt hat, seine schrecklichen Abenteuer und wilden Kämpfe und so.«

»Und der einem das alles auch noch glaubt,
was?«

»Miau!« sagte Stoffele und schob den dicken
Kopf in meine Hand.

Ich seh schwarz

ch hatte einen traurigen Brief bekommen. Ich meine, einen Brief, in dem etwas stand, das mich traurig machte.

Stoffele, den Schwanz erwartungsvoll hochgestellt, spazierte in die Küche.

Sonst sage ich immer etwas zu ihm. Ich sage: »Na?« Oder: »Da bist du ja!« Oder: »Hast du Hunger?« Das hört er nämlich am liebsten.

Ich setzte mich an den Küchentisch. Sagte nichts. Fand keine Worte. War ganz leer.

Er blieb stehen. Ging vorsichtig um mich herum.

Ich legte den Kopf auf die Tischplatte.

Stoffele sprang hinter mich auf den Stuhl und drückte sich an meinen Rücken.

Wenn man weint, kann man niemand streicheln.

Er sprang hinunter und schlich zur Tür hinaus.

Ich weiß nicht, wie lange ich so dasaß. Vielleicht eine halbe Stunde, vielleicht eine ganze Ewigkeit.

Jemand strich um meine Beine.

Sprang auf den Tisch.

Rieb seinen Kopf an meinem.

Ich spürte eine rauhe warme Zunge auf dem Gesicht.

Eine weiche Schnauze in meinem Haar.

»Ich bin da«, sagte Stoffele. Etwas Leichtes, Grünes lag in meinem Schoß. »Für dich! Sieht aus wie ein Blatt, aber eigentlich ist es eine Maus.«

»Ja«, sagte ich, »danke.« Mehr brachte ich nicht heraus.

»Red mit mir!« bat Stoffele.

Ich schüttelte den Kopf.

»Guck mich an!«

»Ich seh alles schwarz.«

»Das Schwarze bin ich«, sagte Stoffele. Er legte sich vor mich auf den Tisch, knickte die Pfoten um und drückte den Kopf darauf.

So saßen wir ziemlich lang. Ich weiß nicht, wie lang. Eine halbe Stunde. Oder eine ganze Ewigkeit.

Sein oder Nichtsein

b und zu kommt es vor, daß Stoffele eine denkerische Phase hat. Dann liegt er herum wie fünf Pfund Lumpen, zwickt die Augen zu und drückt den Kopf auf die lang ausgestreckten Pfoten.

So auch heute.

»Was denkst du denn diesmal?« fragte ich. »Wieder an deine Quietschmaus?«

»Ich denke, wie du weißt, immer nur wichtige Gedanken«, sagte Stoffele. »Aber eben denke ich den allerwichtigsten Gedanken, den man überhaupt denken kann.«

»So?«

»Ich denke darüber nach, wie gut es doch ist, daß ich mich hab. Und wie schrecklich es wär, wenn ich mich nicht hätt.«

»Das ist mir zu hoch.«

Stoffele hob den Kopf und verdrehte, ob meiner geistigen Schlichtheit, die Augen. »Ist doch ganz einfach. Wenn ich, Stoffele, mich, Stoffele, nicht hätt, was hätt ich dann?«

»Ich verstehe immer noch nichts.«

»Eben.« Stoffele nickte. »Nix hätt ich. Rein gar nix. Weder Bauch noch Schwanz, noch Schnurrbart. Kein einziges Ohr hätt ich. Ganz allein stünd ich da. Natürlich auch ohne Pfoten. Und meinen wundervollen weißen Fleck am Ende vom Schwanz, den hätt ich wahrscheinlich auch nicht, oder?«

»Ja, das versteh ich. Ohne Schwanz kein Fleck.«

»Ach, ist das traurig«, seufzte Stoffele. »Ich könnt grad losheulen. Achtung, ich heule.«

Er legte den Kopf wieder auf die Pfoten und maunzte erbärmlich vor sich hin.

Das geht mir jedesmal zu Herzen.

»Stoffele«, bat ich, »hör auf!«

»Ganz allein!« schniefte mein Kater.

»Unsinn!« sagte ich.

»Allein in der großen weiten Welt.«

»Stimmt doch gar nicht.«

»Bauchlos, schwanzlos, ohrlos, schnurrbartlos. Ein Stoffele ohne sich selber.«

»Nun hör mal zu! Wenn du dich nicht hättest, dann wärst du doch gar nicht da. Aber du bist ja da. Hier liegst du, auf dem besten Sessel des Hauses, aus dem du mit deinen Krallen schon zahllose Fäden herausgezogen hast und ganz bestimmt noch herausziehen wirst. Wenn hier jemand Grund hat zu jammern, sind es der Sessel und ich. Du nicht.«

»Nein?« fragte Stoffele hoffnungsvoll.

»Nein. Du bist da. Und wie. Mit allem, was dazugehört.«

»So was sagt sich leicht«, erklärte Stoffele mißtrauisch. »Es könnt ja passieren, daß ich mir verlorengeh. Das gibt's. Ich weiß es genau. Der Fritzle von nebendran ist mal vom Baum gefallen. Und als er unten war, da hat er sich verloren, hat er mir erzählt. Da war nix mehr von ihm da. Er war weg. Wegger geht's gar nicht, hat er gesagt. Der lügt nicht, der Fritzle. Dazu ist er viel zu blöd.«

»Der ist nicht blöd, der ist nur ein bißchen naiv. Aber jetzt ist er wieder da. Jetzt hat er sich wieder. Sonst hätte er es dir ja nicht erzählen können.«

»Weil sein Mensch ihn unterm Baum gefunden hat. Wenn jemand einen findet, ist man wieder da. Aber mich hättest du bestimmt nicht gefunden. Weil ich nie von einem Baum fall. Wenn ich mir verlorenging, wär ich für immer weg. Dann hätt ich mich nicht mehr. Schrecklich! Immer muß ich dran denken, wie es wär, wenn ich, Stoffele, mich, Stoffele, nicht mehr hätt.«

»Alter Jammerlappen!«

Stoffele blitzte mich empört an. »Tät es dir vielleicht gefallen, wenn du ohne dich rumlaufen müßtest?«

»Das würde ich doch gar nicht merken«, sagte ich.

»Warum nicht? Bist du so blöd?«

»Ich bin, wie Nachbars Fritzle – keineswegs blöd. Ich würde es nicht merken, weil ich gar nicht da wäre. So ist das.«

»Wo wärst du denn?« fragte Stoffele.

»Keine Ahnung.«

»Und ich, wo wär ich?«

Ich hob die Schultern und schwieg.

»Wenn wir wenigstens zusammen nicht da wären«, sagte Stoffele. »Dann hätten wir immer noch einander. Du mich und ich dich.«

»Das haben wir auch so. Das kommt aufs gleiche raus.«

»Also, wie ist das nun?« fragte Stoffele. »Sind wir jetzt da oder –«

»Beschwören möchte ich es nicht«, sagte ich etwas verwirrt.

»Wahrscheinlich sind wir da. Du sitzt vor mir in meinem Schaukelstuhl und bohrst in der Nase. Wer in der Nase bohrt, den muß es doch geben, oder?«

»Möglicherweise hast du recht«, sagte ich. »Wenigstens scheint es so. Digito nasum cavo, ergo sum, wie der Lateiner sagt.«

Stoffele betrachtete mich lauernd.

»Aber ganz sicher weißt du's auch nicht, was?« fragte er nach einer Weile.

»Ich hab keine Ahnung«, sagte ich erschöpft. »Mir dreht sich alles im Kopf herum. Wenn du so weitermachst, verliere ich mich wirklich. Und wer wärmt dir dann deine Milch?«

»Also, das Denken ist nicht eure Stärke. Da müßt ihr noch schwer üben. Hast du gerade Milch gesagt?«

Hungerstreik

r schnüffelte an seinem Schüssel-chen, nahm – äußerst vorsichtig – ein paar Brekkies in den Mund und ließ sie gleich wieder herausfallen. Fleisch und Milch betrachtete er mit scheelem Blick, schüttelte die rechte Vorderpfote und zog ab.

Mittags machte er es genauso: Beschnüffelung, scheele Betrachtung, Verachtung, Pfotenschüttelung. Diesmal links.

Am Abend war wieder die rechte dran.

»Wir wär's mit den Hinterpfoten?« fragte ich.

Stoffele musterte mich kühl von oben bis unten und verließ wortlos und erhobenen Hauptes die Küche.

»Bist du krank?« fragte ich am nächsten Morgen.

Er hatte immer noch nichts angerührt. Die Milch war sauer geworden, das Büchsenfleisch muffelte. Ich leerte die Schüsselchen, machte sie sauber und füllte sie neu. Frische Milch. Frisches Büchsenfleisch.

Stoffele seufzte.

»Kein Hunger?« fragte ich.

Er schwieg vornehm.

»Wo fehlt's denn?«

»An allem!« Stoffeles Blick schnitt durch meine Seele. Stolz schritt er zur Tür.

Der Abend kam. Mit ihm mein Kater.

»Stoffele«, sagte ich, »so geht's nicht.«

»Find ich auch.«

»Du frißt nichts. Schon seit gestern.«

»Du schon!« sagte er. Es klang vorwurfsvoll.

»Soll ich hungern, nur, weil du pingelig bist?«

Stoffeles Schwanz bewegte sich heftig hin und her.

»Dein Schüsselchen ist voll. Es sind genug Brekkies da. Eben hab ich die dritte Dose aufgemacht. Riech mal!«

Stoffele roch daran und hob die Pfote.

»Fang nicht wieder mit der Schlenkerei an!«

Er schleckte die Pfote ab. »Außer Pfoten nix geboten. Am besten freß ich mich selber auf. Ist ja sonst nix da.«

»Thun mit Huhn«, sagte ich erbittert. »So mancher arme Kater, so manche bedauernswerte Katze wäre froh, wenn –«

Er schob mir sein Schüsselchen hin. »Bitte!«

»Vielen Dank. Ich backe mir Apfelküchle.«

Die Nacht verging, der Morgen kam. Stoffele hockte auf der Matte vor der Küchentür, die das

Bild einer schwarzen Katze ziert, und die ich seinetwegen gekauft habe.

»Du sitzt auf dir selber. Sehr lustig.«

Stoffele sah mich schief an.

»Machst du eine Fastenkur?«

Er wirkte etwas matt. Ließ den Kopf hängen. Den Schwanz auch. Sehr eindrucksvoll.

Ich griff zum Telefon und wählte die Nummer der Tierärztin.

Stoffele sprang, gar nicht mehr matt, zum Fenster hinaus und blieb einen ganzen Tag lang unsichtbar.

Dann tauchte er wieder auf. Saß neben dem Lavendelbusch, der sowohl zu seinem Fell als auch zu seiner augenblicklichen Stimmung hervorragend paßte – Lila und Schwarz –, und hielt eine Rede. Die Rede galt August, dem roten Nachbarskater, der interessiert Stoffeles Worten lauschte.

»Also«, sagte Stoffele, »der Fall ist schwierig, aber für einen intelligenten Kater durchaus nicht unlösbar.«

Da August einen etwas hilflosen und unintelligenten Eindruck machte, fuhr Stoffele fort:

»Der intelligente Kater streikt. Am sichersten ist's, wenn du ab und zu die Nahrung verweigerst. Nicht, weil das Zeug ungenießbar wär. Es ist eine Vorsichtsmaßnahme. Bei Menschen muß man achtgeben, daß sie dienstleistungsmäßig nicht nachlassen. Frißt du immer, frißt du alles, läßt die Qualität des Angebotenen bald zu wünschen übrig. Weil dein Mensch denkt, du merkst es ja doch nicht, kauft er die billigeren Büchsen, und in den Tabs sind nur vier statt sieben Vitamine drin.«

Er machte eine Pause und sagte dann mit eindrucksvoll bebender Stimme: »Ja, so ist er, der Mensch! Billig und nur vier Vitamine.«

August schien nicht zu wissen, was Vitamine sind, traute sich aber nicht zu fragen.

Stoffele setzte sich ganz aufrecht hin. »So was läßt man schon gar nicht einreißen. Es muß mit aller Kraft verhindert werden. Ißt du nichts, bleibst du standhaft, kriegt dein Mensch ein schlechtes Gewissen, er wälzt sich schlaflos im Bett hin und her, er fleht dich an, wenigstens ein paar Bissen zu probieren.«

August schleckte sich lüstern die Schnauze. Stoffele hob nun Stimme und Pfote. Seine Augen funkelten vor pädagogischem Feuer.

»Dann kommt die Stunde der Bewährung. Du darfst nicht den Fehler machen, zuzuschlagen, auch nicht, wenn dir das Wasser im Mund zusammenläuft und der Magen durchhängt. Beiß auf die Zähne. Schüttle Kopf und Pfoten. Geh zu irgendeinem Nachbarn und schau, was dort im Schüsselchen liegt. Sieht keiner zu, putz es leer und laß deinen Menschen im eigenen Saft schmoren. Er kocht darin weich. Drei bis vier Tage sind gewöhnlich genug. Dann hast du ihn um den Schwanz gewikkelt. Er stellt dir die teuersten Büchsen hin statt dem mickrigen Sonderangebot von Lidl und Aldi. Besorgt garantiert hochwertigstes Hackfleisch vom in artgerechter Wildbahn frei und unerzogen gehaltenem Schwarzwälder Ökoweidemutterrind für dich, für ihn genügt das vom Schwein. So soll es sein! Und dann: hau rein!«

»Ich weiß mir nicht mehr zu helfen«, sagte die Nachbarin am nächsten Morgen. »Mein August frißt seit gestern nichts.«

»Mein Stoffele schon seit drei Tagen.«

»Ob eine Seuche ausgebrochen ist? Vielleicht hat er sich den Magen verdorben. Er schüttelt nur die Pfote. Meinem Mann ist vor lauter Besorgnis auch der Appetit vergangen. Drei Dosen hab ich für ihn aufgemacht, aber er guckt nur.«

»Ihr Mann?« fragte ich.

»August.«

»Soso!«

»Er schüttelt auch schon die Pfote, wenn ich das Essen auftrage. Sogar bei Kohl und Pinkel, darauf ist er sonst immer scharf.«

»August?«

»Mein Mann. Er verschwindet einfach, und ich weiß nicht, wohin.«

»Ihr Mann?«

»Nein, August.«

»Aber ich weiß es«, sagte ich. »Zu mir. Gerade hat er die Brekkies weggeputzt, die Stoffele standhaft verschmäht. Hat kein Krümelchen übriggelassen.«

»So? Ihr Stoffele hat auch einen gesegneten Appetit. Ich brauche mich nur umzudrehen, schon macht er sich über Augusts Teller her. Und ich hab schon – prinzipiell bin ich ja gegen so was – aber was tut man nicht alles – fünf Dosen, das Stück zu zweizwanzig –«

»Saukater!« sagten wir wie aus einem Mund.

Ägyptisches Abenteuer

a bist du ja wieder«, sagte Stoffele kühl.

»Da bin ich wieder. Freust du dich nicht?«

»Einfach abhauen! Ich kann ja inzwischen verhungern und erfrieren.«

»Fünfzehn Fleischbüchsen hast du weggeputzt. Jeden Morgen hat dir die Nachbarin frische Milch hingestellt. Und in deinem Korb im Gartenhäuschen liegt mein wärmster Pullover.«

»Mit Loch!«

»An dich gedacht hab ich auch.«

Stoffele setzte sich in Positur. »Daß ich der liebste Kater –«

»Ich hab dran gedacht, wie kugelrund du bist.«

»Wann denn?«

»Immer, wenn ich eine klapperdürre Katze gesehen habe.«

»Wo denn?«

»In Ägypten. Dort war ich nämlich. Ich hab das Honorar für die Stoffelegeschichten zusammengekratzt und bin hingefahren.«

Stoffele legte sich mitten hinein in die Fleißigen

Lieschen und machte Müffchen. »Erzähl mal. Wie ist es so in Ägypten?«

»Heiß. Bis zu fünfzig Grad Hitze. Das Wichtigste ist der Nil mit seinen Segelschiffen. Um den Nil herum liegt die Wüste. Mal ist sie eben, mal hat sie Sanddünen. Da bleibt man besser draußen. Am Rand der Wüste sind gewaltige Tempel mit wundervollen Säulen. Und die Pyramiden.«

»Was ist das?«

»Das sind Gräber für die Pharaonenkönige. Der Sphinx bewacht sie. Der ist ähnlich wie du, nur größer und mit Menschenkopf.«

»Muß bescheuert aussehen«, sagte Stoffele.

»Mumien gibt's auch. So heißen die Pharaonen, wenn sie gestorben und eingewickelt und mit goldenen Ketten und Ringen behängt sind. Und es gibt viele Götter. Eine Göttin heißt Bastet, sie ist die Göttin der Katzen und sieht auch so aus. Und Mücken gibt's. Man kriegt Durchfall und leicht einen Sonnenstich, wenn man keinen Schirm mitgenommen hat. Kamele gibt es auch. Und Esel. Und Nilpferde. Schau, da ist eins.« Ich stellte Omar vor ihn ins Gras. »Der kommt auf meinen Schreibtisch. Omar ist garantiert keine dreitausend Jahre alt, hat mir ein Händler glaubhaft versichert.«

Stoffele beroch Omar ausgiebig. »Er muffelt. Was gibt's noch?«

»Viele hungrige Hunde. Und Staub. Auf dem

Nil schwimmen Inseln von Wasserhyazinthen mit weißen Vögeln drauf. Ägypten ist wunderbar.«

»Bin bald wieder zurück«, sagte Stoffele und war verschwunden.

»Wo hast du gesteckt?« fragte ich.

»In Ägypten natürlich«, sagte Stoffele. »Ich wollte mir das mal selber angucken.«

»Und wie bist du hingekommen?«

»Ganz einfach. Ich mach Müffchen, denk: Bastet hilf, und nix wie hin! Und schon bin ich dort.«

»Erzähl mal! Wie war's denn?« Ich ließ mich in meinem Schaukelstuhl nieder, aber ohne Müffchen zu machen.

»Heiß«, sagte Stoffele. »Meinen Pelzmantel hätt ich daheimlassen können.«

»Und sonst?«

»Also, ich guck mich um, und was seh ich?«

»Was siehst du?«

»Die Pyramiden. Und du bist ein Lügenmaul.«

»Stoffele!« sagte ich empört.

»Gräber, hast du gesagt. Für diese komischen Könige. Wo ich es doch mit eigenen Augen gesehen hab.«

»Was denn?«

»Wie sie eine Pyramide runtergerutscht sind. Jeder auf einer Seite. Unten waren vier Planschbekken. Und gejuchzt haben sie!«

»Die Könige?«

»Quatsch! Die vier Enkel. Von diesem Herrn Farao. Ihrem Opa. Der hat extra für sie die Pyramide bauen lassen. Wer zuerst unten war, durfte eine Runde auf dem königlichen Nilpferd reiten.«

»So, so! Und was noch?«

»Der blöde Dings –«

»Sphinx –«

»Der kann nicht mal schnurren. Eine halbe Stunde sitz ich da und mach's ihm vor. Nichts! Nur dumm gucken kann der. Und dann hab ich mir die Wüste angeschaut.«

»Nein!«

»Doch. Ich hab mich in eine Karawanne gesetzt und bin durchgefahren. Sehr interessant, die Wüste. Ziemlich viel Himmel drüber. Jede Menge Sand drin. Manchmal ist der ziemlich bucklig. In meinen Ohren ist noch welcher. Einen Mond haben sie auch in der Wüste, ähnlich wie unserer in Oberweschnegg. Und auch nur nachts. Und keine Fleischbüchsen. Nachts heult die Wüste. Wahrscheinlich, weil sie so allein ist. Ich bin ja auch nicht geblieben.«

»Bastet sei Dank!« sagte ich erleichtert.

»Die Ferkel hab ich aber nicht gesehen. Nicht ein Fitzelchen von ihnen.«

»Was für Ferkel?«

»Na die Ferkel, die rumstehen sollen in diesen Tempeln, die du dir angeschaut hast. Frau Hug hat sieben Ferkel, die sind klein und dick und grunzen, und sie stehen nicht herum, sie sielen sich im Dreck, was ihnen saumäßig Spaß macht.«

»Von ›Ferkeln‹ hab ich aber nichts gesagt. In den Tempeln stehen Säulen.«

»Stimmt doch gar nicht. Weder Säulein noch Wuzze, noch Ferkel. Nur solche langen, dicken hohen Steindinger, die nicht mal grunzen können.«

»Und dann?«

»Dann hab ich die Mumie gefunden.«

»Wo denn?«

»Im Sand. Ich mußte scharren. Aus einem ganz bestimmten Grund. Da hab ich sie aufgescharrt.«

»Und? Wie sah sie aus?«

»Ganz verwickelt. Und geglitzert hat sie. Von dem vielen Klunkerzeug. So ähnlich wie das, was du immer an dich hängst.«

»Und dann?«

»Hab ich sie wieder zugescharrt. Brekkies sind mir doch lieber.«

»Stoffele! Würdest du die Stelle wiederfinden?«

»Klar. Es war hinter einem Felsen. Schad, daß er seine Frau nicht dabeihatte, der Herr Farao. Die hätt bestimmt gut geschmeckt.«

»Was?«

»Das hat mir der Garibaldi verraten.«

»Wer um Himmels willen ist Garibaldi?«

»Der Kater von Letizia.«

»Und wer ist Letizia?«

»Die schafft im ›Alpenblick‹ in Höchenschwand. Garibaldi ist wild auf die Frau von so einem Farao. Wenn der eine sieht, läuft ihm das Wasser im Maul zusammen.«

»Da hat er aber einen komischen Geschmack.«

»Er kriegt immer faraona, hat er gesagt. Warum krieg ich keine faraona? Warum lachst du so blöd?«

»Faraona, lieber Stoffele, ist italienisch und heißt Perlhuhn. Und das ist in den Büchsen, die Letizia für ihn kauft. Weiter!«

»Äh – dann kam das Krokodil. Gekrochen kam es.«

»Krokodile gibt es nicht in der Wüste.«

»Ein Wüstenkrokodil. Die fressen nur Sand. Wir haben uns gut unterhalten.«

»Worüber denn?«

»Über rote und grüne Christbaumkugeln. Es war sehr interessiert. Ich hab es eingeladen für Weihnachten. Dann hab ich mir noch das andere Nilufer angeschaut.«

»Du kannst doch gar nicht schwimmen.«

»Omar hat mich auf seinem Buckel hinüber-getragen. Er sieht aus wie deiner. Ganz blau und schön angemalt. Und weil Omar sein Maul immer so aufgerissen hat, hab ich Hunger gekriegt. Da hat mich die Frau Gott mit den Katzenohren wieder hergebracht. Hochinteressant, dieses Ägypten. Ich glaub, ich werd jetzt öfters verreisen. So was bildet doch sehr, find ich.«

»Aber dann komme ich mit«, sagte ich. »Für den Fall, daß du wieder mal Klunker aus dem Wüstensand scharrst.«

Stoffele nickte. »Fein! Für dich das Geklunker, und für mich –«

»Das Geflunker«, sagte ich.

Stoffele im Mond

er Mond war soeben aufgegangen.

»Wenn ich der Mond wär«, sagte Stoffele, »was wär dann?«

»Dann läge der Mond in deinem Körbchen, und du würdest leuchten, am Himmel herumspazieren und Schäfchen hüten.«

»Wieso Schäfchen?«

»Das lernt man schon als Kind: ›Wer hat die schönsten Schäfchen, die hat der gute Mond, der hinter unsern Bäumen am Himmel droben wohnt.‹«

»Kommt nicht in Frage. Wenn ich der Mond wär, ich tät keine Schäfchen hüten. Schäfchen machen Knubbel. Ich hüt was anderes.«

»Was denn?«

»Elefanten.«

»Warum gerade Elefanten?«

Stoffeles Augen leuchteten. »Weil es Spaß macht, so große Dinger rumzukommandieren. Die müssen dann tun, was ich will. Handstand oder mit den Ohren wackeln. Wenn sie Durst haben, dürfen sie mit dem Rüssel die Milchstraße leersaufen.«

»Stoffele«, sagte ich nachdenklich, »das wird schlecht gehen. Schäfchen sind schön klein. Elefanten sind groß, dick und schwer. Wenn einer das Gleichgewicht verliert und auf unser Haus fällt, haben wir eine Delle im Dach. Und der Mond kriegt einen Mordsschreck.«

»Wieso Mond?« fragte Stoffele.

»Na, weil der doch an deiner Stelle in deinem Körbchen liegt.«

»Daran hab ich nicht gedacht«, sagte Stoffele. »Dann nehmen wir halt keine Elefanten. Wir nehmen einfach Hühner.«

»Die gackern. Ich will nachts meine Ruhe haben. Und außerdem – der Gockel muß frühmorgens auf den Mist und den Tag herbeikrähen. Sonst bleibt's duster.«

»Dann vielleicht Igel? Die halten den Mund.«

»Davon werden die Sterne nicht begeistert sein.«

»Mögen Sterne keine Igel?«

»Igel stechen. Welcher Stern hat schon gern einen Stachel im Hintern?«

»Haben Sterne einen Hintern?«

»Klar.«

»Wo denn?«

»Hinten natürlich. Auf der Rückseite. Drum heißt er ja auch so.«

»Hab ich noch nie gesehen«, sagte Stoffele, »so einen Sternenarsch.«

»Natürlich nicht. Weil sie sich genieren. Sie zeigen sich immer nur von vorne.«

»Verstehe«, sagte Stoffele. »Dann machen wir's so: Ich bin einfach nur der Mond und roll über die Berge, ohne irgendwas zu hüten. Immer munter, rauf und runter.«

»Du mußt aber aufpassen, daß du auch zur rechten Zeit kommst und gehst«, sagte ich.

»Woran merk ich, wann die rechte Zeit ist?« fragte Stoffele.

»Als Mond hast du das im Gefühl.«

»Ich bin aber ein Neu-Mond«, sagte Stoffele. »Als Neu-Mond hat man das noch nicht im Gefühl. Weißt du was? Wenn ich aufgehen muß, hängst du ein rotes Tuch aus dem Fenster. Ist Zeit zum Untergehn, ein grünes. Dann weiß ich Bescheid.«

»Gut«, sagte ich. »Wenn ich es nicht verschlafe.«

»Was machst du denn mit dem Mond in meinem Körbchen?« wollte Stoffele wissen.

»Streicheln natürlich.«

»Aber er hat keine Ohren zum Kraulen. Und kein Fell hat er, der Mond. Nackelig ist der. Überall.«

»Macht nix. Nackelig ist schön.«

»Und er ist ganz gelb.«

»Gelb ist auch sehr schön«, sagte ich.

»Schwarz ist aber viel schöner«, erklärte Stoffele.

»Und wenn er Hunger hat, was machst du dann?«

»Dann koch ich ihm was Feines. Vielleicht Sternchensuppe?«

»Nix da. Die Büchse für neunundneunzig Pfennig reicht auch«, sagte Stoffele finster. »Der ist fett genug, der Mond.«

»Rund ist auch schön«, sagte ich. »Ich meine, bei Monden, die im Körbchen liegen. Dir wird die Fasterei zwischendurch ganz guttun.«

»Wieso fasten?« fragte Stoffele mißtrauisch.

»Als Mond bist du nur alle vier Wochen rund. Dann mußt du abspecken. Erst wenn du dünn bist wie ein Strich, darfst du wieder zunehmen. Und paß gut auf bei der nächsten Mondfinsternis. Die kommt in drei Wochen.«

»Mondfinsternis?« fragte Stoffele entsetzt. »Was passiert denn dann?«

»Man sieht dich nicht mehr. Du bist ausgegangen. Erloschen. Weggeputzt. Zappenduster ist's am Himmel.«

»Und wo bin ich?«

Ich hob die Schultern und seufzte tief.

»Und der Mond?«

»Der freut sich, daß er noch da ist und im Körbchen liegt.«

»Der kann sich gar nicht richtig freuen. Weil er keinen Schwanz hat. Wenn man sich freut, stellt man nämlich den Schwanz hoch. Freut man sich sehr, kriegt der Schwanz noch einen Kringel.«

»Vielleicht wächst ihm einer«, sagte ich. »Ich werde ihn tüchtig füttern. Mit Schwanzwuchsspezialnahrung.«

»Mond mit Schwanz! Pah!« sagte Stoffele verächtlich. »Ein Schwanz ist nur schön, wenn ein Kater an ihm dranhängt.«

»Du meinst, ein schwarzer?«

»Klar!« sagte Stoffele.

»Jedenfalls liegt er in deinem warmen Körbchen, der Mond. Und freut sich, mit oder ohne Schwanz, daß ich neben ihm sitze, ihn kraule und ihm etwas erzähle.«

»Was denn?«

»Eine Geschichte von einem schwarzen Kater, der heulend über den dunklen Nachthimmel rennt und jämmerlich friert.«

Stoffele drehte sich entschlossen um, marschierte in die Küche, bestieg sein Körbchen und machte sich ganz breit.

»Schnell die Läden zu!« sagte er. »Der soll bleiben, wo er ist. Das tät ihm so passen, sich hier einzuschleichen. Saumond, der!«

Huhn im Topf

iecht fein!« sagte Stoffele und schnüffelte in der Küche herum. »Wann gibt's Essen?«

»Wann du willst. Dein Schüsselchen hab ich gefüllt. Mit Brekkies.«

»Und dein Schüsselchen?« fragte Stoffele.

»Das ist noch leer.«

»Hast du keinen Hunger?«

»Und wie. Bald ist es fertig.«

»Was denn?«

»Das, was so fein riecht.«

»Was riecht so fein?«

»Das Huhn im Topf.«

Stoffele machte ein huhnlüsternes Gesicht. »Ich wart noch ein bißchen. Heut eß ich mit dir. Die Brekkies muffeln.«

»O nein«, sagte ich. »Die Brekkies denken nicht dran zu muffeln. Und das Huhn eß ich ganz allein. Ich hab einen riesigen Hunger.«

»Ich auch.« Stoffele schwankte hin und her. »Gleich fall ich um.«

»Ich freß dir doch auch nicht deine Brekkies weg«, sagte ich.

»Nix dagegen«, erklärte Stoffele. »Du kriegst die Brekkies, und ich übernehme das Huhn.«

»Nein, das Huhn ist für mich, und damit basta.« Stoffele legte die Ohren flach an. In seinen Schwanz kam Bewegung. »Wahrscheinlich hast du's geklaut.«

»Ich klaue grundsätzlich keine Hühner.«

»Was klaust du dann?«

»Nichts. Ich hab's von Frau Hug. Von der kriege ich ab und zu eins.«

»Was?« sagte Stoffele empört. »Eins von den netten Hühnern, die immer die schönen Eier für dich legen? Da kann man nur den Kopf schütteln.« Und er schüttelte heftig den Kopf. »Das ist der Dank!«

»Wie meinst du das?«

»Erst nimmst du ihnen ihre lieben kleinen Eier weg und dann das Leben. Typisch Mensch!«

»Die Eier hab ich bezahlt. Fünfunddreißig Pfennig das Stück. Weil es freilaufende Eier sind. Von gesunden Hühnern, genährt von glücklichen Körnern und überglücklichen Würmern.«

»Da hat doch das arme Huhn nix davon.«

»Aber Frau Hug. Und das Leben hab ich dem Huhn nicht genommen.«

»Was? Du hast es lebendig in den Topf gesteckt?«

»Unsinn! Herr Hug hat das erledigt.«

»Was hat er erledigt?«

»Das Huhn.«

»Warum?«

»Weil ich kein Blut sehen kann.«

»Und er sieht gern Blut?«

»Das nun auch wieder nicht. Aber jemand mußte das Huhn schließlich vom Leben zum Tode befördern«, sagte ich. »Damit ich es in meinen Suppentopf stecken konnte, in dem es jetzt gemütlich vor sich hin köchelt. Nachher mach ich noch eine feine Soße, und da kommt es hinein. Es soll ihm gutgehen, dem Huhn.«

Stoffele legte die Pfote über die Stirn. »Das arme, arme Huhn! Jetzt erinner ich mich dran. Es war so sympathisch. Und so hübsch. So schöne braune Federn. Eine hat es mir mal geschenkt.«

»Freiwillig?« fragte ich.

»Mehr oder weniger. Warum hat Herr Hug gerade dieses nette, freundliche Huhn befördert?«

»Es hat keine Eier mehr gelegt. Und ein Huhn, das keine Eier legt, ist ein nutzloses Huhn, und ein nutzloses Huhn muß in den Topf.«

Stoffele betrachtete mich von oben bis unten. »Legst du Eier?« fragte er.

»Ich bin kein Huhn. Jedenfalls sagt Frau Hug das auch.«

»Daß du kein Huhn bist?«

»Daß nichteierlegende Hühner in den Topf kommen. Sie hat das Huhn ein paarmal in aller Deutlichkeit darauf aufmerksam gemacht, was ihm blüht, wenn es keine glücklichen Eier mehr legt. Aber das Huhn war stur. Drum liegt es jetzt als Suppenhuhn in meinem Suppentopf.«

»Kaltblütig abmurksen, weil es keine Eier legt«, sagte Stoffele. »Schöne Beförderung. Das ist Mord! So ein armes ermordetes Huhn tät ich an deiner Stelle nicht essen.«

»Mir läuft schon das Wasser im Mund zusammen.«

»Aber nicht lang. Weil es dann spukt.«

»Das Huhn? Warum sollte es?«

Stoffele blickte düster. »Weil es keine Ruh im Grab findet. Wie alle, die umgebracht worden sind.«

»Es hat gar kein Grab. Oder höchstens in meinem Bauch. Da liegt es gut, da hat es Ruh.«

»Wirst schon sehen«, sagte Stoffele mit Grabesstimmme, »wie es herumspukt, das gespenstische Huhn. Und wie es schauerlich gackert, nachts um zwölf, mit dem Kopf unterm Flügel, und unheimliche Eier legt. Die rollen dann im Haus herum, und wer weiß, was aus den Eiern rauskommt.«

»Ich hab keine Angst. Das Huhn wird gegessen.«

»Und seine Seele?« fragte Stoffele.

»Die esse ich nicht. Ich esse nur das Huhn. Außerdem haben Hühner keine Seele.«

»Und ich?« fragte Stoffele. »Hab ich auch keine Seele?«

»Das ist was anderes. Du bist mein lieber Stoffele. Du hast bestimmt eine Seele. Schwarz, teuflisch, unergründlich, mit einer weißen Schwanzspitze.«

»Hühner haben auch eine Seele. Eine mit Federn.«

»Gefiederte Seelen? Daß ich nicht lache!«

»Lach du nur. Hühner werden Engel, wenn sie im Himmel sind. Das ist bekannt.«

»Hab ich nicht gewußt.«

»Weil du blöd bist. Wo sollen denn die Engel ihre Federflügel herhaben? Und du frißt Engel! Also ich tät nie im Leben einen Engel fressen.«

»Auch ich fresse grundsätzlich keinen Engel. In meinem Topf steckt nur das Huhn.«

»Das Engelshuhn«, sagte Stoffele. »Der Hühnerengel. Schäm dich!«

»Stoffele«, sagte ich, »jetzt reicht's aber. Du willst mir nur den Appetit verderben. Das Huhn wird gegessen, auch wenn es ein Engel sein sollte.«

Stoffele schnüffelte in der Küche herum. »Riecht komisch!«

Ich schnüffelte mit. Es roch irgendwie verbrannt. Sehr verbrannt. Ich riß das Fenster auf und wedelte den Geruch hinaus.

»Magst du Huhn?« fragte ich meinen Kater.

Aber der mochte nicht.

»Guten Appetit!« sagte Stoffele, schlabberte eine ganze Schüssel voll Milch leer und verputzte zufrieden seine Brekkies.

Der Stern

aauaaaauaaaauaaaauahhh!«

Ich fuhr aus dem tiefsten Schlaf auf und zitterte am ganzen Körper.

»Uaaauuuaaauuuaaaua aaauuaau!!!«

Ein Überfall? Diebe? Räuber? Mörder?

»Uaaauuuuaaaaauuaaaauuaauuuuaaaaauuu!!!«

»Lieber Gott«, betete ich, »ich bin nicht fromm, aber laß nicht zu, daß ich vorzeitig in den Himmel komm, weil man mich abmurkst. 's wär schad um mich. Glaub's nur!«

»Ich will rein!« schrie jemand von draußen. »Ich hab Hunger. Besonders im Bauch.«

»Stoffele«, rief ich, »was für ein schauerliches Gebrüll.« Und riß das Fenster auf.

Mein Kater streckte sich genüßlich. »Was heißt hier Gebrüll? Das war ein Geburtstagsständchen. Stoffele in Concert.«

»Wer hat Geburtstag?«

»Wir alle zwei beide miteinander zusammen.«

»Ausgeschlossen«, sagte ich. »Mein Geburtstag ist am achten Januar, und deinen weißt du ja selber nicht, obwohl du dabei warst.«

Ich füllte sein Schüsselchen.

»Es ist aber doch unser Geburtstag«, sagte Stoffele beharrlich und schlabberte es leer. Dann schleckte er sich die Schnauze, guckte ganz ernst und sagte mit Grabesstimme: »Und auch ein Todestag.«

Ich erschrak. »O Gott! Wen hat's denn erwischt? Magst du ein bißchen Leberwurst?«

»Nur her damit! Heut vor einem Jahr hat er sich umgebracht.«

»Wer denn?«

»Dein Kaktus. Der auf dem Fensterbrett so dumm herumgestanden ist, als ich ins Zimmer gesprungen bin. Er hat mich gesehen und sich vom Brett gestürzt, der feige Kerl, und dann war er – und der Topf war auch – na ja!«

Ich kraulte ihn hinter den Ohren. »Bin froh, daß du ihn – sonst hätten wir uns ja nie gefunden. Und jetzt versteh ich dich auch. Mit Geburtstag meinst du, daß wir seit diesem Tag zusammen sind.«

»Stimmt«, sagte Stoffele. »Ein Jahr lang bist du schon bei mir. Schwer hab ich's mit dir gehabt.«

»Tut mir leid. Ich bin halt nur ein Mensch. Aber ich hab mir wirklich Mühe gegeben.«

Stoffele nickte gnädig. »Ich muß sagen, du hast dich gemacht in dieser Zeit. Bist viel katzlicher geworden. Man kann dich lassen.«

Er rieb den dicken Kopf an meinem Bein. »Drum kriegst du auch ein Geschenk zu unserem Geburtstag.«

»Was ist es denn?«

Er setzte sich sehr aufrecht hin und sah mich an. »Im nächsten Jahr darfst du zehnmal auf meinem Schaukelstuhl sitzen.«

»Stoffele! Das kann ich ja gar nicht annehmen. Was für ein herrliches Geschenk.«

»So bin ich halt. Und ich hab noch was. Ich bring dir das Schnurren bei.«

Ich hatte meine Zweifel. »Glaubst du, ich krieg das hin? Zum Müffchenmachen bin ich ja auch zu blöd.«

»Wir üben so lang, bis du's kannst. Und dann schnurren wir miteinander.«

»Das hab ich mir immer gewünscht.«

»Und jetzt kommt das dritte Geschenk. Das heißt, es kommt noch nicht.«

»Warum nicht?«

»Erst, wenn's dunkel ist.«

»Wieso? Hat es Angst?«

»Es schläft noch. Und es ist kein Es, sondern ein Er.«

»Sehr geheimnisvoll«, sagte ich und wünschte den Abend herbei.

Stoffele verzog sich ins Körbchen und rollte sich zusammen.

Der Abend ließ sich heute besonders viel Zeit. Erst dämmerte es, dann wurde es dunkler und schließlich richtig schön dunkel. Stoffele erwachte, gähnte, streckte sich, buckelte, marschierte zum Fenster, befahl: »Mach auf!« und sprang aufs Fensterbrett.

Ich war am Platzen.

»Jetzt!« sagte er.

»Ich seh nix.«

»Aber gleich. Ich hol ihn.«

»Wen denn?« fragte ich ganz kribblig.

»Wart einen Augenblick.«

Und schon hatte Stoffele einen Satz vom Fensterbrett zum untersten Ast der Birke gemacht und kletterte nun den Stamm hinauf bis zur Höhe der Balkonbrüstung. Noch ein Satz, und er war aufs Dach gesprungen. Ich lief in den Garten und sah hinauf. Nun war er ganz oben bei der Antenne. Ich sah, wie er sich festhielt und mit einer Pfote über sich langte.

Wie es passiert ist, weiß ich nicht. Stoffele war schon oft dort oben herumgeturnt. Er verlor das Gleichgewicht, konnte sich nirgends festhalten, rutschte das Dach hinunter, schlug erst auf dem Blumenkasten am Balkongeländer auf und dann im Steingarten direkt darunter. Bisher war er immer auf die Füße gefallen. Diesmal nicht.

Ich rannte hin. Stoffele lag zusammengekrümmt auf dem scharfkantigen Stein.

»Es tut fast gar nicht weh«, sagte er. Aus seinem Maul lief Blut. Ich wischte es ab. Er mußte sich das Rückgrat gebrochen haben. Ich legte seinen Kopf auf meine Strickjacke.

»Es ist der Stern über der Birke. Er ist sehr begabt und im Leuchten besonders gut. Den hab ich dir holen wollen. Ich schenk ihn dir. Von Stoffele für dich.«

»Noch nie hat mir jemand so was Himmlisches eschenkt.«

»Es war nicht einfach«, sagte Stoffele mühsam. »In der letzten Nacht hab ich den ganzen Himmel abgeguckt. Man nimmt ja auch nicht jeden.«

»Du hast den schönsten ausgesucht.«

»Er hält sich bestimmt viel länger als die Schokoladenkekse, die du immer gleich wegfutterst.«

»Meinst du?«

»Ganz bestimmt. Er strahlt ja vor Gesundheit. Ein Stern im besten Alter.«

»Aber ist er auch damit einverstanden, daß er nun mein Stern ist?«

»Klar«, sagte Stoffele. Seine Stimme wurde immer leiser. »Ich hab ihn vorher gefragt. Wenn du nicht willst, hab ich gesagt, brauchst du nur den Kopf zu schütteln, aber dann guck ich dich nicht mehr an. Er hat nicht geschüttelt.«

Ich sah über mich. Mein Stern funkelte märchenhaft.

Dann beugte ich mich über Stoffele, um ihn verstehen zu können.

»Ist vielleicht besser, er bleibt oben.«

»Das glaube ich auch.«

»Aber er gehört dir trotzdem. So kannst du ihn

auch nicht verlieren, wo du doch so schlampig bist.«

»Ein Stern sieht von unten immer schöner aus« sagte ich. »Wenn man ihn in der Hand hat, ist di Sehnsucht weg. Lieber Stoffele, ich danke dir fü alle wunderschönen Geschenke.«

Dann konnte ich nichts mehr sagen. Nur noch »lieber, lieber Stoffele«. Ich legte meine Hände um seinen Kopf.

Stoffele sah mich lange an. In seinen Augen waren kleine goldene Pünktchen. Wie über mir am klaren Nachthimmel.

»Miau!« sagte er. »Ich dich auch. Es tut bestimmt nicht weh. Nur müd bin ich. Ich mach ein bißchen die Augen zu. Kraul mich hinter den Ohren, bitte.«

Das tat ich. Ich streichelte ihn und nahm seine Pfote in die meine. Bis er eingeschlafen war.

Am nächsten Morgen wickelte ich Stoffele in den roten Pullover mit dem Loch und begrub ihn unter der Birke.

Den Stern hab ich Stoffele genannt.
Manchmal hör ich ihn schnurren.